Yuhto & Dick
「DEADHEAT」

「ユウト……。お前はいつも俺の心を砕く。どうしてなんだ……」
絞り出すような声で呟くと、ディックは何かを確認するように、ユウトの顔に指先を滑らせた。額からこめかみに、鼻筋から唇に。目の見えない人間が手で触れることで相手を確かめるような、たどたどしい動きだった。
（本文P.204より）

DEADHEAT

DEADLOCK2

英田サキ

キャラ文庫

この作品はフィクションです。
実在の人物・団体・事件などにはいっさい関係ありません。

目次

口絵・本文イラスト／高階　佑

1

　ジェリーが待ち合わせ場所に指定してきたのは、ＤＥＡ（司法省麻薬取締局）のニューヨーク支局にほど近い、九番街沿いにある小さなカフェだった。

　赤レンガのチェルシーマーケットの前に差しかかった時、ユウト・レニックスは懐かしい気持ちでいっぱいになった。ＤＥＡにいた時は、よくここで買い物をしたものだ。

　ふと通りの向こうに目をやると、新しいイタリアンレストランがオープンしていた。隣のビルの外壁の色も以前とは違っている。

　約十か月ぶりに帰ってきた古巣は、一見同じようでいて、ユウトの知らない顔をあちらこちらに覗《のぞ》かせていた。

　時間の流れを実感しながら、秋の気配が漂い始めているマンハッタンの街を、ユウトは早足で歩き続けた。

　しばらくして、目的のカフェに到着した。ドアを押してアンティークな雰囲気の店内に入ると、ジェリーは一番奥の席で新聞を読んでいた。

「ジェリー。遅れてすまない」

ユウトが近づいていくと、元同僚のジェリー・ロドリゲスは感激の面持ちで椅子から立ち上がった。ふたりはごく自然に抱擁《ほうよう》を交わし、再会を喜び合った。

「元気そうだな、ユウト」

「ああ。お前もな」

注文を取りに来た店員にカプチーノを頼み、ユウトは椅子に腰かけた。

「急に連絡して悪かったな」

「何言ってんだ。電話をもらえて嬉しかったよ。お前のことはずっと心配していたんだ。こうやってまた会えて、本当にホッとしてる」

ジェリーが嬉しそうな顔で微笑《ほほえ》む。ジェリーは気のいいプエルトリカンで、年齢はユウトより二歳年上の三十歳。相棒だったポールの次に、一番親しくつき合っていた男だ。

「ああ、そうだ。これがポールの墓地の名前と住所。フラッシングだから、そう遠くない」

「ありがとう。助かったよ」

渡されたメモを眺めながら、ユウトは礼を述べた。

クアンティコから直接ワシントンＤＣに向かわずニューヨークに立ち寄ったのは、ポールの墓参りが目的だった。墓地の場所を尋ねたくてジェリーに連絡を取ったら、マンハッタンにいるのならぜひ会いたいとせがまれ、断りきれなくなったのだ。

「ユウト。本当にＤＥＡに戻る気はないのか？」

「ああ。幸い次の仕事も決まったし、心機一転で頑張るよ」

ユウトはわざと明るい声で答えた。ジェリーには再就職先が決まって、ＤＣで働くことになったとだけ話している。

「……そうか。本当に残念だよ。みんなもお前が戻ってくるのを願っていたのに」

ユウトは曖昧《あいまい》な笑みを浮かべ、運ばれてきたカップに口をつけた。

「ところで新しい就職先はどんな会社なんだ？」

一瞬の間を置いて、ユウトは「警備会社だよ」と答えていた。ジェリーは疑う様子もなく、「そうか」と相槌《あいづち》を打った。

つい嘘《うそ》をついてしまったのは単に面倒だったからだ。真実を言えば、必ず理由や経緯を詮索《せんさく》される。自分の抱える特殊な事情は、ひとことで説明できるものではなかった。

「少し痩《や》せたな。向こうでは大変だったんじゃないのか？」

いたわるような視線だった。あからさまに同情されるのはいい気がしなかったが、ジェリーの態度は人として当然のものだろう。無実の罪で刑務所に入れられてしまった相手に、他にどんな気持ちを示せるというのか。

「滅多にできない貴重な経験だったよ。二度とは御免だけどね」

ユウトは空気が深刻なものにならないよう、軽い調子で答えた。

「なあ、ユウト。時間があったら、みんなと会っていけよ」

ジェリーが思いきったように口を開いた。

「悪いけど急ぐんだ」

素っ気ない返答にユウトの胸中を察したのか、ジェリーは気まずそうに黙り込んだ。

ジェリーの気づかいを踏みにじっているようで少しだけ罪悪感を覚えたが、今さら昔の仲間たちに会いたいとは思わなかった。

去年の今頃は、ユウトもまだDEAニューヨーク支局に勤務する捜査官だった。ところがある日、相棒のポール・マクレーンが何者かによって刺殺されたことで、ユウトの人生は激変した。ユウトは容疑者として逮捕され、裁判で十五年の実刑判決を言い渡されたのだ。

真犯人が逮捕されたことで無事釈放はされたが、あの事件でユウトは多くのものを失ってしまった。

「みんなのこと、やっぱり恨んでいるのか?」

ジェリーの視線を避けるように、ユウトは窓の外を眺めた。

「お前の悔しい気持ちはわかる。でもあの時はみんなもどうかしていたんだ。許してやってくれないか」

「……ジェリー。俺は誰も恨んでない。ただ過去のことは忘れたいと思ってるだけだ」

拘留中に面会に来てくれたのは、ジェリーと直属の上司だけだった。数々の決定的証拠の前に、ほとんどの仲間が犯人はユウトだと信じたのだ。それだけではなく裁判の時に、検察側の証人として同僚のひとりが証言台に立った。

　ポールと仲のよかった白人の同僚は、事件の前夜ポールとユウトが激しく口論し、険悪な状態のまま別れたことを明言した。おまけに検察の誘導尋問に乗るように、ユウトのことを普段は物静かだが、カッとなると何をしでかすかわからない男だとまで言ってのけたのだ。ユウトが犯人だと信じた彼は、ポールの無念を晴らしたくて、よかれと思って証言したのだろう。

　温厚で明るい性格のポールは誰からも好かれていた。それに対して人づき合いが下手なユウトは、どちらかというと周囲から浮いた存在だった。検挙率だけで見るならユウトは優秀な捜査官だったが、そのせいで妬《ねた》まれることも少なくなかった。それにユウトはDEAで唯一の日系人捜査官だ。反感を買う理由の中に、多少なりとも人種差別的感情も存在していただろう。

　自分を信じてくれなかった仲間たちに失望はしたが、ユウトは薄っぺらな人間関係しか築けなかった自分が悪いのだと言い聞かせ、仲間たちのことを極力忘れようと努めてきた。

　だから今さら会ってもしょうがない。腫《は》れ物に触るような態度で釈放と再会を喜ばれても、きっと虚《むな》しくなるだけだ。

「ジェリー。みんなにはお前からよろしく言っておいてくれ。俺はこれから自分なりに新しい人生を生きていく。DEAでの経験を生かして、頑張っていくから」

　ユウトが微笑《ほほえ》むと、ジェリーは複雑そうな表情で小さく頷《うなず》いた。

「わかった。……DCで住む場所が決まったら、また連絡してくれ」

そうするよ、と答えたが、ユウトはもうジェリーと会うことはないだろうと感じていた。ジェリーのことは好きだが、彼と会えば過去を思い出して辛《つら》くなる。

カフェの前でジェリーと別れた後、ユウトは地下鉄の一番ラインに乗車した。タイムズスクエアまで出て、フラッシング・ローカルこと七番ラインに乗り換え、クイーンズ地区のフラッシングで電車を降りる。駅からタクシーを拾い、運転手に墓地の名を告げた。

思いのほか近くて、タクシーは十分ほどで緑の多い墓地に到着した。運転手に待っていてくれと頼み、ユウトは買ってきた花束を手に車を降りた。

青々とした芝生が目を和《なご》ませてくれる。降り注ぐ光はまだ夏のそれだが、吹く風は爽《さわ》やかで秋を感じさせた。ユウトは午後の眩《まぶ》しい日射《ひざ》しに目を細めながら、広い墓地の中を歩き回った。

ポールの墓石が見つかった。ユウトはポールが殺されてすぐに容疑者として身柄を拘束されたので、当然だが葬儀には参列していない。相棒だった男の墓に、せめてこの手で花を手向《たむ》けたいと願っていたが、やっとその機会に恵まれ安堵《あんど》する思いだった。

芝生に埋め込まれた小さな石碑。その表面に刻まれたポールの名と生年と没年。しゃがみ込んでポールの名前を指先で撫《な》でた瞬間、胸の奥から熱いものがこみ上げてきた。

——ポール。こんなところにいたのか。探したぞ……。

たった三十二年間の命。あらためてその早すぎる死を悼《いた》み、ユウトは持ってきた花束をそっと地面に置いた。

「来るのが遅くなって悪かったな。言い訳するんじゃないが、俺も大変だったんだ。……笑い事じゃないぜ。本当に死にそうな目に遭ったんだから。お前がいなくなってから、俺の人生は散々だよ。相棒のくせに、俺だけ苦労させやがって恨むぞ」

ユウトは目の前に、本当にポールがいるかのように話し続けた。これがポールとの最後の会話であり、本当の意味での別れの時なのだ。

心のどこかでポールがまだ生きているのではないかという、馬鹿げた錯覚を抱くことがあった。死に目にも会えず、葬儀にも参列できず、その上、自分がポールを殺したと決めつけられ、友の死を現実のこととして受け止めきれずにいたのかもしれない。

けれどこうやって彼の眠っている場所に来られたことで、やっとその死を実感できた。

もうポールはいない。もう自分はＤＥＡの人間ではないのだ。

その日、ユウトは自分の過去にひとつの区切りをつけた。

「つまり仮免と同じことさ。わかるだろう？」

そう言うとマーク・ハイデンは、額に落ちた色の薄い金髪を気障《きざ》な手つきでかき上げた。

「君のＦＢＩ（連邦捜査局）特別捜査官という立場は、今のところ、この事件のみに限定されているんだ」

ユウトはハイデンの整った横顔を一瞥《いちべつ》し、「なるほど」と頷いた。

「つまり運転はさせても、ひとりで好き勝手に道路を走ることまでは許さないというわけか」

「そうだ。本当ならまだ研修生の君が特例措置で捜査官になれたのは、あくまでもコルブス捜索に必要な人材だったからだ。コルブスを追うことだけに尽力してくれたまえ。それ以外のことに首を突っ込むようなことがあれば、この捜査から外すつもりだ」

ハイデンは灰色の瞳で冷たくユウトを見返し、また廊下を歩き始めた。ユウトは後に続きながら、ネクタイの締まった襟元に指を差し込んだ。

——息苦しい。

スーツもネクタイも好きではない。DEAにいた時は潜入捜査に明け暮れていたので、お堅い格好とは限りなく縁遠い生活を送っていたし、プライベートな時間でもよほどのことがなければスーツなど着なかった。昔から身体を締めつける服は苦手なのだが、お堅いFBI特別捜査官になってしまった以上、窮屈なスーツにも慣れるしかないのだろう。

DEA時代、何度かFBIと仕事をしたが、捜査の横取りをお得意とするエリート集団が現れるたび、現場のユウトたちは陰で彼らのことを「スーツ野郎」と呼んで皮肉っていた。自分がそのスーツ野郎の仲間入りをしたのだと思うと、なんとも言えない複雑な気分だった。

「この後の予定は？　俺はまだ誰かに挨拶《あいさつ》しなくちゃいけないのか」

ユウトは一昨日、クアンティコにあるアカデミーでの研修を終えたばかりだった。昨日は二

ユーヨークに泊まり、ＤＣのＦＢＩ本部に着いたのが一時間前。同僚となるテロ対策課の捜査員たちに形ばかりの自己紹介をすませた後、ハイデンに広いビル内を連れ回され、お偉方への挨拶を強要された。

「君の顔見せは終わった。私のオフィスに戻って、今後のことを話し合おう」

これからユウトの直属の上司となるハイデンは、ユウトより八歳年上の三十六歳。裕福な家庭で育った典型的ＷＡＳＰという雰囲気の男で、イタリア製の最高級生地であつらえたような品のいいスーツがよく似合っている。気取った態度が鼻につくが、俺はＦＢＩだと自己申告しているような、趣味の悪い紺サージのスーツを着ていないだけマシだった。

プライドの高さを示すように、ハイデンの整った顔には他人を見下すような皮肉な笑みが常に張りついている。苦手なタイプだが、それは向こうも同じだろう。捜査に利用するために接触した囚人が自分の部下になったのだから、内心では苦々しく思っているに違いない。ユウトを捜査官として迎え入れたがったのは、ＦＢＩ上層部の意向だと聞いている。

ハイデンはユウトを自分のオフィスに連れ帰ると、部下に命令してコーヒーを持ってこさせた。若い部下は含みのある視線をユウトに向け立ち去っていった。

彼だけではなく、捜査官たちのユウトを見る目つきには一様に棘《とげ》がある。自分は歓迎されざる者だという現実と直面したユウトだが、最初から予想していたことなので、さして気にも留めなかった。

冤罪《えんざい》だったとはいえ、刑務所帰りの人間がＦＢＩ特別捜査官に転身したのだから、風当たりがきつくて当たり前だ。しかも本当ならＦＢＩ捜査官になるためには、アカデミーで四か月にわたる苛酷《かこく》な訓練を受け、さらに一年以上の観察期間を経なければならない。ところがユウトは一か月にも満たない形ばかりの研修を受けただけで、実際の捜査に加わることになった。それが特例中の特例なのは、説明されるまでもなくわかっている。

ハイデンがデスクの引き出しから、一冊の分厚いファイルを取り出した。

「一連の連続爆破事件の捜査状況をまとめたファイルだ。犯行の日時と場所、被害状況、爆破に使われた爆弾の種類、その他諸々、それを見てもらえれば、現時点で我々の把握している情報は大体わかる。目を通しておけ」

アメリカ国内では去年から今年にかけて、同一犯の仕業と思われる無差別な爆破事件が起きている。犯行声明がないことなどから世間では沈黙のテロとして騒がれ、人々を不安と恐怖に陥れている卑劣な事件だ。

被害現場はユタ州、アリゾナ州、モンタナ州、ミシガン州、フロリダ州と国内全土に跨《また》がっている上、爆弾が仕掛けられた場所もスーパーマーケット、病院、オフィスビル、学校、駅構内という具合に一貫性がなかった。

ＦＢＩは今年になって、一連の事件に関与していると思われる男を偶然にも逮捕した。男は自分があるカルト集団に属していて、すべての犯行はリーダーの指示で行われていると自白したが、身柄をFBI本部に送致される際、何者かによって狙撃《そげき》され死亡した。

男は息を引き取る間際、いくつかの重要な言葉を残した。グループのリーダーは仲間からラテン語でカラスを意味する『コルブス』という名前で呼ばれていて、カリフォルニア州のシェルガー刑務所に囚人として潜伏している。彼は獄中から仲間に指示を出して、一連の事件を起こさせている。

その事実を知ったFBIは、実刑判決を受けたユウトに特殊な司法取引を持ちかけてきた。シェルガー刑務所でコルブスを見つけ出せたなら、釈放を約束するという内容だった。

それはユウトにとって、唯一の希望の光だった。無実の罪で十五年も刑務所に収監されたくはない。迷うことなく申し出を受けたユウトは、シェルガー刑務所へと移送された。

手がかりはコルブスの年齢は三十歳前後で、容疑は殺人であること。そして過去に本格的な軍事訓練を受けた経験があり、背中に大きな火傷《やけど》の跡があること。たったそれだけの情報を頼りに、ユウトは獄中でコルブスを捜し続けた。

そしてついに、自分に優しく接してくれた模範囚のネイサン・クラークという男が、実はコルブスであるという事実を知ったのだ。

結果的には逃げられてしまったが、ユウトはコルブスと接触したというカードを使って、FBIに情報が欲しければ自分を釈放しろと交渉を持ちかけた。対抗しているCIA（アメリカ中央情報局）の優勢に焦りを感じていたFBIは、ユウトの冤罪を晴らす証拠を探し出してきて、合法的にユウトを自由の身にした。謎だらけのコルブスと唯一接触した人間であるユウトを、自分たちの捜査に利用しようという思惑《おもわく》があったのだ。


「アカデミーでの研修はどうだった？」

ハイデンが自分のデスクの端に腰かけて口を開いた。ソファに座ってファイルを眺めていたユウトは、コーヒーをひとくち飲んでから肩をすくめた。

「場所が場所だし懐かしかったよ。昔受けたＤＥＡの地獄の特訓を思い出した」

「ああ。そういえばＤＥＡのアカデミーもクアンティコにあったな」

クアンティコには海兵隊基地がある。正しくは巨大な基地の中にクアンティコという町が存在しているのだが、それゆえ町の入り口には検問所まであって物々しい雰囲気に包まれている。ＦＢＩとＤＥＡのアカデミーはそこの基地内にあり、新人たちは捜査官になるべく軍隊さながらの厳しい訓練を受けるのだ。

「君はなかなか優秀な生徒だったみたいだな。知能テスト、体力テスト、射撃テスト、すべてトップクラス。捜査官としての心得も問題なし。担当教官からは、すぐ現場に出せるとお墨つきをもらった。……まあ、ＤＥＡでの活躍ぶりを考えれば、君が優れた捜査官であることは最初からわかっていたがね。君はあのレコバダに大打撃を与えた立役者だからな」

レコバダはかつてユウトが潜入していた麻薬密売組織だ。メキシコの巨大な麻薬カルテルと密接に繋《つな》がっており、大量の麻薬をアメリカ国内に密輸して売りさばいていたが、ＤＥＡではなかなか組織の全容を把握できずにいた。ユウトとポールは一年がかりで内部深くまで入り込み、組織のリーダーを突き止めることに成功した。その結果、リーダーとほとんどの幹部は逮捕され、レコバダは壊滅的状態に追い込まれた。

だがこのことがユウトとポールの運命を大きく変えた。逮捕を免れたある幹部の男は、ふたりが実は捜査官で、自分たちがまんまと騙《だま》されたことに気づき、復讐《ふくしゅう》のため計画的にポールを殺害し、その罪をユウトになすりつけたのだ。事実は後になってFBIの力で明らかになったが、警察のずさんな捜査のせいで、犯人の狙《ねら》い通りになってしまった。

「……FBIはポールを殺したのが俺じゃないと、最初から知っていたんじゃないのか？」

そうでなければ釈放を要求した途端、都合よく真犯人が現れるはずがない。

「まさか。君の無実を信じて必死で捜査した結果だよ」

ハイデンは心外だと言わんばかりに眉を寄せた。ユウトはハイデンが嘘をついていると確信しながら、彼の足元を見下ろした。

埃《ほこり》ひとつついていない、黒光りする革靴。きっと部下に命令するだけで、自分の足を使った捜査などしないのだろう。

「君がレコバダの人間を疑っていたから、容疑者も絞りやすかったんだ。FBIも以前からあの組織を調べていた。我々の情報網も捨てたものじゃないだろう？」

今さら駄々をこねないでくれよ、とでもいうふうに、ハイデンは猫撫で声を出した。

自分を利用しようとした組織で働くことに、まったく抵抗がないと言えば嘘になる。しかし真相がどうであれ、ユウトは割りきって考えることに決めていた。自分もまたＦＢＩの力を利用して、コルブスを追いかけていけばいいのだ。

ユウトが無言で頷くと、ハイデンは安心したように温かみのない笑みを浮かべた。

「実行犯のプロファイリングは？」

ＦＢＩのプロファイラーは優秀だ。何かしらの分析が行われているはずだと思い、ユウトはページをめくりながら質問した。

「単独犯じゃないとわかった時点でプロファイリングは中止した。私の部下が国内のカルト集団を引き続き調査中だが、残念なことにＦＢＩでは〝ホワイトヘブン〟という名前の組織は、過去も現在も存在を確認できていない」

ホワイトヘブンは、コルブスが以前率いていた武装カルト集団の名前だ。コルブスの手足となってテロを行っているのがホワイトヘブンの生き残りなのか、それとも別の新しい集団なのかは、今のところはまったくわかっていない。

「名前を変えて地下に潜っているんじゃないのか？　存在していたのは間違いない。二年前、サウスカロライナでホワイトヘブンの籠城《ろうじょう》事件が起きて、陸軍が動いたんだから」

ハイデンは「それなんだがね」と閉口したような表情で額を撫でた。

「ペンタゴン（国防総省）に確認したら、そんな事実はないという答えが返ってきた。そこで私は個人的コネクションを使って、陸軍の関係に探りを入れてみた。どうやら表向きでは、その時の出動は非公式の軍事訓令となっているようだ」

「ペンタゴンはホワイトヘブンの存在を公にしたくないってことだろうか？」

「だとしたら面倒な話だよ。軍部が秘密裡に動いたとなると、なんらかの政治的思惑が絡んでいた可能性も考えられる」

政治的思惑。現場で捜査を行う人間には、それこそが一番厄介な横やりだ。

「俺がアカデミーに行ってる間、あらたにわかったことは？」

気分を切り替え、自分のもたらした情報で捜査に進展があればと質問したが、ハイデンの答えはユウトに失意を与えるだけのものだった。

「残念ながら、これといってない。ネイサン・クラークとして指名手配中のコルブスの足取りは、依然として摑《つか》めていない。収監されていた監房から、コルブスのものと思われる指紋と毛髪を採取したが、ＦＢＩのデータベースに一致する人間はいなかった。それと奴の逃亡を手助けしたと思われるシェルガー刑務所の所長リチャード・コーニングも、あの暴動以来どこに雲隠れしたのか行方不明のままだ」

コーニングはコルブスと深い繫がりがあったはずだから、彼さえ見つかれば大きな手がかりを得られる。そう考えていただけに、ユウトもこれには落胆した。

「それとコルブスがなりすましていた、ネイサン・クラークという男の身元を洗ってみたが、

「特に不審な点は見当たらなかった」

ユウトは考え込みながら、ファイルに綴《と》じられた爆破現場の写真を眺めた。爆破の規模はバラバラだ。壁に穴が開いた程度のものもあれば、半壊に近い被害を被った建物もある。いずれの事件も深夜や早朝など人気《ひとけ》のない時間帯がほとんどで、爆破の規模に反して人的被害が少なかったのは不幸中の幸いだった。

「本物のネイサンはどうなったと思う?」

ユウトが顔を上げて問いかけると、ハイデンは首を振った。

「恐らく、すでに殺されているだろう。同じ人間がふたりいてはややこしいことになる」

「俺はネイサンがたまたま替え玉に選ばれたとは思えない。過去にコルブスとなんらかの繋がりがあった男じゃないだろうか」

「何か明確な根拠でも?」

「根拠はないが、コルブスという男は、行き当たりばったりで何かをしでかす男じゃない」

コルブスは囚人たちから篤《あつ》く信頼されていた。実際、親密に接していたユウトも、彼の芝居にはまんまと騙され、素晴らしい男だと心から尊敬の念を抱いていたほどだ。

『悔しいだろうけど、我慢するんだよ。短気は自分のためにならない』

『ここの悪い空気には染まらず模範囚になって、早く外に出られるよう努力するんだ』

どんな時も優しく自分を励ましてくれたネイサン。コルブスを思う時、どうしてもあのネイサンの顔がちらついてしまう。頭ではわかっていても、残忍なテロリストとネイサンの姿が、まだ上手《うま》く一致しないのだ。

しかし、そこがコルブスの恐ろしい部分なのだ。捜査当局の目を逃れるため、二年もの間、模範囚として刑務所の中にじっと潜伏していた忍耐強さと精神力、本来の人格とは真逆にあたる、善人の仮面を被り続けた演技力と狡猾《こうかつ》さは並大抵のものではない。その部分だけを見ても、コルブスが常人ではないことは容易に想像がつく。

ハイデンはおやおやという表情で、片方の眉を吊《つ》り上げた。

「さすがコルブスと塀の中で仲よく暮らしていただけのことはある。彼のことはよくわかっているらしいな」

ユウトはハイデンの嫌みには応じず、ファイルを指で叩《たた》いた。

「この連続爆破事件にしても、一見無作為な犯行に見えるが、実際は彼なりの意図があるんじゃないだろうか」

「その事件のどこに一貫性があるというんだ。何もかもが無茶苦茶じゃないか。彼には主義主張などない。世間を騒がせて薄汚い自己顕示欲を満足させている、ただの愉快犯だよ」

ハイデンは苦々しい顔つきで、吐き捨てるように言いきった。

「レニックス。私はこういう連中は我慢ならないんだ。目的があろうがなかろうが、テロは断固として許さない。何がなんでも、コルブスのクソ野郎は逮捕してみせる。必ずだ」

出世にしか興味がなさそうなタイプに見えたが、ハイデンにも捜査官としての気骨はあるらしい。幾分安心した気持ちでユウトは「同感だ」と頷いた。

「ああ、それともうひとつ。君と同房だったディック・バーンフォード——の偽物か。CIAの契約エージェントだった男だが」

不意にディックの名前を出され、ユウトは狼狽《ろうばい》した。もちろん態度に出すことはしなかったが、心拍数が一気に跳ね上がった。

「ディックが何か?」

「いや、彼自身のことは何もわかっていない。だが本物のバーンフォードは、どうやら他の刑務所で服役中に亡くなっていたようだ。どういう手を使ったのかCIAは彼を生きていることにして、シェルガー刑務所に移送する手続きを取った。その時にすり替わったみたいだな」

人間をすり替える——。簡単なことではない。連邦及び司法関係者を丸め込んだ荒技だ。

「CIAはコルブス暗殺を目論《もくろ》んでいるようだが、絶対に許してはならない。海外でなら好きなだけお得意の諜報《ちょうほう》でも謀略でもやっていればいいが、ここはアメリカ国内だ。奴らの好き勝手にはさせない」

不意にハイデンが唇の端をクイッと引き上げた。つくづく嫌な笑い方をする男だ。

「CIA本部に我々の内偵者を潜り込ませているんだ。向こうにとってもコルブスは重要な存在のようで、ガードが固くて内部の詳細な動きまでは掴めていないが、奴らもまだコルブスの居場所は突き止めていないらしい。それだけは確かだ」

ユウトにとって何よりも有益な情報だった。

「レニックス。捜査だろうが政治だろうが商売だろうが、情報を多く所持する者が優位に立てる。すべての鍵を握るのは情報だよ」

そう語るハイデンの目には、憎悪を思わせる剣呑《けんのん》な色合いが浮かんでいた。過去、CIAに出し抜かれて、煮え湯を飲まされた経験があるのだろう。

共にコルブスを追うふたつの組織の対立構造は、これまでの歴史の重みに圧縮され凝り固まっている。いくら人事交流で職員同士が出向し合おうが、共同の組織を立ち上げようが、抱えてきた軋轢《あつれき》の根深さは容易に解消されるものではないのだろう。

CIAはアメリカ大統領直属の諜報機関で、主に海外での情報収集や対外工作を担っている。一方、司法省に属するFBIは国内の犯罪捜査を担当する法執行機関だ。スパイを操るCIAとスパイを狩るFBI。このふたつの組織の宿命的対立は、単なる縄張り争いという単純なものではなく、アメリカの歴史に陰から多大な影響を及ぼしてきたとも言われている。

けれど、そんなことは関係ない。ハイデンには申し訳ないが、FBIとCIAの対立などユウトにはどうでもいいことだった。

その日はハイデンとのディスカッションだけで、ユウトの仕事は終わってしまった。FBIのバッジとIDカード、それに拳銃を支給された後、ユウトはFBI本部を出た。

「すみません。あなたは日本人ですか？」

歩道に出た途端、日本語のガイドブックを手にした、アジア系の若い女性がたどたどしい英語で話しかけてきた。

日本人らしき相手に、お前は日本人かと聞かれると、正直言って答えに困る。国籍はアメリカだし、血統的に言ってもユウトは純粋な日本人ではないのだ。亡くなった母親が白人とのハーフなので、正確にはクォーターになる。

「日系人です」

「ええと、日本語は話せますか？」

「ええ。少しなら」

ユウトの返事を聞いて、女性はホッとした表情になった。道に迷って、今自分がいる場所もよくわからないらしい。ユウトは女性が持っていた地図を覗き、あたりの地理を説明してやった。

「今いるのがここです。この通りをまっすぐ行けばホワイトハウスがあって、ワンブロック先を左に曲がれば、あなたの泊まっているホテルがあります」

「ありがとうございます。助かりました」

ワシントンDCは人気の高い観光地だ。ホワイトハウス、リンカーン・メモリアル、国会議事堂、スミソニアン博物館群など、主要な観光スポットが一地区に点在しているので、国内はもとより海外からも多くの観光客が訪れる。FBI本部もそのひとつで、九・一一以前は内部を見学できるツアーが実施されており、かつてはビルの周囲に希望者が列を成していた。

テロ行為はいかなる理由があろうと許されるものではない。コルブスの目的はわからないが、どうあっても次のテロが起きる前に逮捕したい。そのために必要なのは情報だ。

——すべての鍵を握るのは情報だ。

先ほどのハイデンの言葉が脳裏を掠《かす》めていく。情報か、と口の中で呟《つぶや》き、ユウトはEストリートを西に向かって歩き始めた。この先にはホワイトハウス、すなわち大統領官邸がある。

ユウトは歩道を歩きながら、なんとはなしにFBI本部を見上げた。正式名称はJ・エドガー・フーバー・ビル。二十九歳で長官に就任し、五十年近くFBIのトップに君臨し続けた男の名前を持つ大きなビルだ。

前長官のフーバーは八代の大統領につかえ、歴代大統領を陰で自由に操ったと言われている。脅しの達人だったとも揶揄《やゆ》されるが、その武器は盗聴で得た情報だった。しかし情報そのものに力があるのではない。分析して活用できる能力があってこそ、情報の価値は発揮されるのだ。

ユウトはDEAの捜査官として、以前は薬物事犯の情報収集に明け暮れる毎日を送っていた。時にジャンキーを装いドラッグ・ディーラーに接触したり、自身が売人に扮《ふん》して麻薬組織の中に潜り込んだり、危険を伴う仕事だったが、ある程度の経験を積むとドラッグの世界のしきたりや仕組みは、自然と理解できるようになった。

だがこれからの捜査に過去の経験は通用しない。まったく畑違いの仕事なのだ。だからこそ些細《ささい》な情報も見逃すことなくキャッチして、先入観や固定観念を取り去って慎重に分析しなくてはならない。

自分にできるのだろうか？　ちゃんと結果を出せるのだろうか？

やる気はあっても漠然とした不安がつきまとう。まるで大海にたったひとりで船出したような気分だ。シェルガー刑務所に収監された時も不安はあったが、あの時はすぐに仲間ができた。あどけなさの残る少年のようなマシュー。陽気で面倒見のいいお喋《しゃべ》りなミッキー。穏和で一緒にいると気が休まったネイサン。そして冷たい態度を示しながらも、何度も自分を助けてくれた同房のディック――。

ユウトは雑念を振り払い、歩くスピードを速めた。のんびりしている場合ではなかった。これから住む場所を探さなければならない。刑務所行きが確定した際、借りていたアパートは解約してしまったので、今のユウトは宿無し状態なのだ。

ユウトはその足でいくつかの不動産屋をまわってみた。しかし条件に合う物件はなかなか見つからなかった。焦って決めてもしょうがないと四軒目で諦《あきら》めて、滞在先のホテルに引き上げることにした。

ユウトはホテル近くの小さなレストランで夕食を取ることにした。いったんテーブルで注文を済ませてから、入り口近くに置いてある新聞を取りに行こうと思い席を立った。

通路に立った時、背後から歩いてきた相手と肩が触れ合った。

「あ、すみません」

慌てて謝罪したユウトは、相手を振り返って一瞬ドキッとした。ぶつかったのは背の高い白人男性だった。

「いえ、大丈夫ですよ」

男は愛想よく微笑み、ユウトの脇をすり抜けていった。ユウトはワシントン・ポストを手にして戻ってくると、座って紙面を眺め始めた。だが目は文字ではなく、さっきぶつかった男を盗み見ている。男は奥の席で同伴の男性と、にこやかに会話を楽しんでいた。

見事な金髪と整った風貌《ふうぼう》が、ディックを思い起こさせる。男はかなりのハンサムだった。だがあのディックには及ばない。ユウトは新聞を閉じ、溜《た》め息《いき》をついた。

『俺のことは忘れろ。それがお前のためだ』

記憶に残る、ディックのあの切なげな瞳。思い出すたび、ユウトの胸は今も苦しくなる。

ディックはユウトよりひとつ年上の二十九歳で、他の囚人から一目置かれる存在だった。澄みきった湖面を思わせるブルーアイズと、眩《まばゆ》いほどの見事な金髪を持っていた。

第一印象は最悪だった。刑務所に入った初日に「お前は明らかに狩られる側の人間だ」と宣告され、その上「頭の悪い新入りの尻ぬぐいなんてまっぴらだ」とまで言いきられた。ディックの冷淡な態度が悔しくて、最初は嫌な奴だと反発していた。けれど徐々にディックとの距離が縮まっていくと、気がつけば自分でも不思議なほど強く惹《ひ》かれていた。冷たい仮面の下に隠された優しい心。胸が痛くなるほどの孤高な姿。知れば知るほど魅了されていった。

刑務所内で起きていた黒人とチカーノ（メキシコ系アメリカ人）の人種間抗争は、やがて大暴動に発展した。ユウトは喧噪《けんそう》と混乱の最中、ネイサンがコルブスだった衝撃の事実を知り、そしてディックもまたＣＩＡが放ったコルブスを狙う暗殺者であることを知った。

ユウトとディックは仮面を脱いだコルブスに殺されそうになったが、対立していた黒人ギャングたちが割り込んできたため、間一髪で難を逃れた。そして暴動の中を駆け抜けて逃げ込んだ食糧倉庫で、ユウトはディックの口から彼が辿《たど》ってきた凄絶《せいぜつ》な過去を教えられた。

ディックは陸軍の対テロ専門部隊であるデルタフォースの隊員だったが、ある任務でコルブスに仲間と恋人を惨殺されていた。復讐のためにＣＩＡと契約して、コルブス暗殺を担うエージェントになった男だったのだ。

コルブスをこの世から葬り去ることだけが、ディックの生きる目的だった。ユウトが邪魔をしたせいでその悲願を達成できなかったが、脱獄したコルブスを追うため、ディックもまた暴動鎮圧の混乱に乗じて、外の世界へと飛び出していった。

一緒に行こうと誘われたが、ユウトは拒否した。本心ではディックと一緒に刑務所を出て自由になりたかった。けれどそれは本当の自由ではない。脱獄犯という汚名を被り、一生こそこそと逃げ続けなければいけないのだ。

ＦＢＩにスカウトされた時、迷うことなくその要請に応じたのは、ディックと同じ相手を追うことで彼と繋がっていられる、いつかまた再会できるかもしれないという、希望ゆえの選択だった。

暴動の最中、逃げ込んだ薄汚い小さな部屋。あそこで過ごしたふたりきりの時間が、昨日のことのように蘇《よみがえ》ってくる。

迫りくる別れの瞬間に追いつめられ、ふたりは無心で互いを求め合った。建前も嘘もない剝《む》き出しの本音を探り合うように。肌の熱さと欲望の深さで切ない感情を伝え合うように。

『お前を連れていきたい。放したくない』

別れ間際のあの言葉こそが、ディックの本当の気持ちだったとユウトは信じている。疑いもなく信じられるのは自分も同じだったからだ。ディックと別れるのが辛くて、あの瞬間、心が引き裂かれそうになった。

わずか数か月、同じ監房で寝起きしただけの囚人仲間。もしも抱き合っていなければ、そんなふうにディックの存在を簡単に片づけられたのかもしれない。けれどふたりは一線を越えてしまった。互いの胸にある深い愛情を分かち合ってしまった。ユウトはゲイではないが、これまでの人生であんなにも誰かを愛《いと》おしく感じたことはない。

忘れたふりをして生きていくことならできる。日々の暮らしに没頭し、仕事に追われていれば、過去のことはやがて遠ざかっていくだろう。だが忘れたくないのだ。ディックを過去の存在にしたくない。彼が今もどこかで苦しみながら、コルブスを殺すためだけに生きている姿を想像すると、いても立ってもいられなくなる。

自分がＦＢＩにスカウトされたのには意味がある。自分とディックを繋ぐ糸は切れていない。まだ確かに繋がっている。そう思えるから、そう信じたいから、このチャンスを手放したくない。見えない糸を必死で手繰《たぐ》っていき、ディックのいる場所まで辿り着いてみたいと思う。

——だからディック。俺も今からコルブスを追うよ。

2

翌朝、出勤するなりユウトはハイデンに呼び出された。

「FBIのロス支局から連絡があった」

その硬い口調だけで、朗報でないことはわかる。

「よくない知らせか？」

ハイデンはユウトに険しい表情を向け、「最悪だね」と答えた。

「コーニングが見つかったらしい」

捜していた重要参考人が見つかったのに最悪な事態。だとしたら理由はひとつ。

「死んでいたのか」

「ああ。海に沈んでいた車の中から、射殺体となって発見されたらしい。どう思う？」

「コルブスの仕業だろう。脱獄の手引きをさせた後で、口封じのために殺した。それしか考えられない」

ハイデンはユウトの見解に同意するように頷き、持っていたコーヒーのカップをテーブルに置いた。

「ハイデン。俺をＬＡに行かせてくれ」

ユウトの申し出に、ハイデンは怪訝《けげん》な目を向けた。

「ＬＡに？　どうしてだ。コーニングの事件なら、ロス市警が捜査している。君がわざわざ出向いたところで、何かが変わるわけでもあるまい」

「コーニングの事件だけじゃない。俺は現地でネイサンの経歴を洗い直そうと思う。きっとどこかにコルブスとの接点があるはずだ。それとシェルガー刑務所にも行きたい。あそこに行けば、何か手がかりが見つけられるかもしれない」

ハイデンは考え込むように沈黙している。新米のユウトをひとりで動かせることに不安があるのだろう。

「なんのために俺を特例措置でＦＢＩに入れたんだ。爆破現場の聞き込みや、爆弾に使われた部品の出所を探る仕事なら、他の捜査官で事足りるだろう？　この事件に関しては、俺にしかできないことがあるはずだ。だからＬＡに行かせてくれ」

ユウトが強く訴えると、ハイデンは「確かにな」と頷いた。

「私は正直言って、君にそれほど多くは期待していない。かといって、他の捜査官たちと同じ仕事しかできないのなら、即刻アカデミーに送り返してやるつもりでいた。……これはいい機会かもしれないな」

「じゃあ、許可してくれるのか？」

「ああ。ただし期限は三日だ。三日で何も結果が出せなかった時は、すぐ戻ってこい」

三日で新情報を得られる自信はなかった。けれど、やってみるしかない。

「ロス市警には私から捜査協力の要請を出しておく。今から行けるか？」

「すぐ出発する」

「よし。君の単独捜査を許可しよう」


飛行機は約五時間のフライトを経て、ロサンゼルス国際空港に着陸した。ニューヨークに移り住んで十年になるが、やはり生まれ育った街に帰ってくると心が安まる。

国内線の七番ターミナルに降り立ったユウトは、出口に向かって到着ロビーを歩き始めた。

「ユウト！　こっちだっ」

大きな声のしたほうに顔を向けると、黒いサングラスをかけた浅黒い肌の男が立っていた。スーツ姿で颯爽《さっそう》と近づいてくる姿を見ながら、ユウトは口元をゆるめて手を上げた。

パコことフランシスコ・レニックス。チカーノで、職業はロス市警殺人課の刑事。すらりとした長身の体つきと甘いマスクを持つ三歳年上の義兄は、外見も中身もとびきりの男で、子供の頃からユウトの自慢の存在だった。

「調子はどうだ《オラ、ケ・タル》？」

パコが満面の笑みを浮かべ、ユウトのバッグを奪い取る。出発前、電話でこっちに来ることを伝えておいたのだが、わざわざ迎えに来てくれるとは思わなかった。

「まあまあだよ《マス・オ・メノス》」

パコは英語も堪能だが、昔からの習慣でふたりきりの時はスペイン語で会話をしている。

「まさかこんなに早く再会できるなんてな。レティたちには会えそうか？」

パコの質問にユウトは首を振った。

「わからない。時間があれば俺も会いたいんだけど。……期待させると可哀相だから、ルピータには俺がこっちに来てること、内緒にしておいてくれないか」

義母と妹に会いたいのはやまやまだが、今回は仕事で来ている。ふたりが暮らすアリゾナまで足を延ばすのは、難しいだろうと予想していた。

「ああ。大好きなお前がLAにいるって知ったら、あいつ大騒ぎだからな。十二歳になっても、相変わらずのねんねで困る」

ひと月ほど前、別れ際に「行かないで」と駄々をこねて抱きついてきたルピータの泣き顔が浮かび、ユウトは思い出し笑いを浮かべた。

日系人の父親がパコの母親であるレティシアと再婚したのは、ユウトが十歳の時だった。最初はメキシコ人の家族ができて戸惑いもあったが、レティは優しい女性だったしパコは明るくて面倒見のいい少年だった。やがてルピータが生まれ、家族は四人になった。父親は二年前に事故で他界したが、母や兄妹がいるので孤独だと思ったことはない。年に数回しか会えなくても、彼らはユウトの大切な家族だ。

「駐車場に車を置いてる。行こう」

「仕事中なんだろう？　抜け出して大丈夫なのか」

パコはニヤッと笑うと、「何をおっしゃる」とユウトの肩を叩いた。

「これも仕事のうちさ。俺はロス市警を代表して、ＦＢＩ捜査官さまをお迎えに来たんだから。署長直々の命令だから遠慮するな」

「本当に？　だったらいいんだけど」

ユウトは表情を明るくしてパコの横顔を見た。パコがいるおかげでスムーズにいきそうだ。

「署に行く前に食事でもどうだ？　腹減っただろう。奢《おご》ってやるからレストランにでも入ろう」

「ＩＮ《イ》－Ｎ《ナ》－ＯＵＴ《ナウト》のドライブスルーでいいよ」

ユウトが即答すると、パコは呆《あき》れたように眉を吊り上げた。

「ハンバーガーかよ。お前、昔からあそこのバーガー好きだよな」

「マクドナルドやバーガーキングより、ずっと美味《おい》しいじゃないか。こっちに来た時しか食べられないんだから、いいだろう」

ＩＮ－Ｎ－ＯＵＴはカリフォルニアとアリゾナとネヴァダにしかないファーストフードのチェーンストアで、ユウトはここのハンバーガーが一番好きなのだ。

「オラレー。お望み通り寄ってやるよ」

ユウトの黒髪をくしゃくしゃと撫で回し、パコは白い歯を見せて破顔した。


車の中でハンバーガーの昼食を済ませたふたりは、LA名物の渋滞に巻き込まれながら、小一時間ほどでロス市警に到着した。ロス市警はダウンタウンの中心部東側に位置し、すぐそばには数々の映画にも登場する有名な市庁舎がそびえ立っている。

ユウトはパコの案内で雑然とした刑事課のフロアに足を踏み入れた。最初にパコの上司であるヘイグ部長に会って捜査協力への感謝の気持ちを伝え、その後で同僚たちを紹介してもらった。みなユウトがパコの弟だと知っているせいか愛想よく対応してくれたが、中でもマイク・ハワードという黒人の刑事は、ひときわフレンドリーな態度で話しかけてきた。パコとは個人的に仲がいいらしく、ユウトのこともよく知っている口ぶりだった。

「ユウトはいつか自伝を書いたらいい。きっと売れるぞ。DEAと刑務所とFBIを経験した男なんて、アメリカ中探したっていやしねぇ」

陽気なマイクに自分の経歴を茶化され、ユウトは笑いながら「いい考えだ」と答えた。

「その時は、ロス市警にはマイク・ハワードという有能な刑事がいたって書くことにするよ」

「おい、パコ！　お前の弟はいい奴だなっ」

「ああ、俺に似てな。……ユウト、まずはリチャード・コーニングの件から始めようか」

パコはユウトが来る前に、コーニング殺害事件の情報を集めてくれていた。クリアファイルから取り出した資料を、「ほら」とユウトに差し出してくる。

「ところで、コーニングがネイサン・クラークに手を貸したのは、なぜなんだ？」

刑務所の所長ともあろう人間が囚人の脱獄を手助けしたのだから、パコが疑問を持つのは当然だった。

「わからない。個人的な繋がりがあったことだけは確かなんだが」

ハイデンの指示でパコやロス市警には、すべての事情は明らかにしていない。シェルガー刑務所を脱獄した囚人のネイサン・クラークが、アメリカ各地で起きている連続爆破事件に関与している疑いがあるため、彼の行方を追っているとしか説明していなかった。パコはユウトがＦＢＩにスカウトされたのも、そのせいだと思っている。

「コーニングの遺体は昨日の午後、ターミナル・アイランドの埠頭《ふとう》で見つかった」

ターミナル・アイランドはロサンゼルスの中心部から、南へ二十五マイルほど下ったところにある港で、サンペドロとロングビーチの境目あたりに位置している。

「発見したのはサンペドロ警察の職員だ。別の強盗事件に使用された拳銃が、その付近に捨てられたってことでダイバーたちを潜らせたところ、海底に沈んでいた車を偶然発見した」

「その中にコーニングの遺体が？」

「ああ。車はコーニング本人のものだった。検死の結果、死後約一か月から一か月半。遺体の頭部には銃創があった。頭を撃たれて即死し、その後で車ごと海中に落とされたようだな」

資料の写真には引き揚げられた車や、コーニングの所持品なども写っている。ユウトはそれらを眺めながら、親指で唇を撫でた。

「頭部の銃創だけど、至近距離から撃たれていた？」

「ああ。そう聞いてる」

「弾丸の射入口は側頭部右側に？」

「その通りだ。よくわかったな」

あくまでも勘でしかなかったが、なんとなく想像がついたのだ。脱獄を手助けさせてから港まで行き、コルブスは助手席に座ったまま、運転席のコーニングのこめかみに銃口を突きつけたのだろう。ユウトとディックに向けたあの拳銃を握り、口元には薄笑いを浮かべ——。コーニングは協力者の自分がまさか始末されるとは、夢にも思っていなかったはずだ。

「聞き込みをしても、あそこじゃ目撃情報を得るのは難しいだろうな」

ユウトの言葉にパコは「そうだな」と頷き、背広の上着を脱いだ。

「あの辺はただでさえ人気がないし、すでに一か月もたってる。まあ、サンペドロ署も捜査を開始しているから、何か情報が入れば報告が入ってくるだろう。もしお前が現場まで行ってみたいっていうなら、今からでも案内するが？」

「いや。そっちは向こうの警察に任せるよ。それより、ネイサン・クラークのことが知りたい」

「よし、まかせとけ」

元気よく返事をしたのはなぜかマイクだった。小脇に抱えていたファイルを机の上に置くと、得意げに「ほらよ」と開いて見せた。

「二年前、ネイサン・クラークの事件を担当したのはマイクだ。こいつになんでも聞くといい」

パコは後をマイクに引き継ぐように、自分は椅子に腰かけて煙草《たばこ》に火をつけた。

「マイクはネイサンのことを覚えているのか?」

「いや、実を言うとあんまり。事件そのものは覚えていたが、このネイサンって男のことは印象に残ってなくてな。資料見て、ああ、あいつかってやっと思い出したよ。とにかく大人しい男だったな。自首してきただけあって態度も素直だったし、状況証拠も揃っていたから、あっという間に起訴になった」

「自分で出頭してきたのか?」

「ああ。金を無心しに母親の家を訪ねたらすげなく追い払われて、カッとなって持っていた拳銃で撃った。けど怖くなって、すぐに自首してきたってわけさ。前科もなかったし、びびっちまったんだろう」

刑務所の中で聞いた話とはまるっきり違う。ユウトの経歴を知ったコルブスは、きっと咄嗟《とっさ》に嘘を思いついたのだ。自分も大事な人間を殺されたのに、警察に犯人に仕立て上げられてしまった冤罪の被害者なんだと告げることで、同じ境遇のユウトの信頼を得ようとしたのなら、その目論見は成功したことになる。あの時の同情と共感をたたえた真摯《しんし》な瞳を思い出し、ユウトは今さらながらにたいした役者だと感心した。

「自白の信憑性《しんぴょうせい》はどうだった？」

「何もおかしな点はなかった。殺人に使用した拳銃も所持していたしな。ありゃ間違いなくネイサンの仕業だよ。奴はもともと母親とふたり暮らしだったが折り合いが悪くて、若い頃に家を飛び出したそうだ。その後はアメリカ各地を転々としながら、事件の半年ほど前にまたＬＡに戻ってきた。金に困って何年かぶりに母親を訪ねたら、お前なんか息子じゃないと罵《ののし》られて犯行に及んだんだ」

当時の捜査資料をめくっていると、逮捕時に撮影されたネイサンの顔写真が目にとまった。そこに写っているのは間違いなくコルブスだ。やはりこの時点で、すでにネイサンになりすましていた。問題なのは、いつ入れ替わったかだ。

「逮捕前のネイサンと交流があった人間に会ってみたいんだが」

マイクは渋い顔で資料を引っ張り寄せると、「うーん」と唸《うな》りながらページをめくり始めた。犯行直後に自首してきたなら、自白の裏付けを取る程度で捜査は終了したはずだ。物的証拠まで揃っていれば、わざわざ交友関係まで洗い出す必要はない。

「事件当時に住んでいた場所がわかるなら、自分で聞き込みに行ってくるけど」

「あいつは住所不定でな。あ、待て待て。ちょっと待てよ」

マイクは小走りに自分のデスクに向かうと、一冊のバインダーを手に持って戻ってきた。古びたバインダーには、細かい文字がぎっしり書き込まれたノートが大量に挟まっている。

ユウトが「それは?」と尋ねると、マイクは「俺の大事なお仕事日記」とにんまり微笑んだ。

「誰と会ったとかどこに行ったとか、後から思い出せるように日記をつけてるんだ」

「へえ。お前、そんなもの書いてたんだ。意外とマメな男だったんだな」

パコが驚いたように呟くと、マイクは「なんだよ」と唇を尖《とが》らせた。

「今まで知らなかったのか? お前、友達のくせにどんだけ俺に関心ないんだよ」

ブツブツ文句を言いながら、マイクはノートのある部分をユウトに指で示した。

「ここを見ろよ。ネイサンが逮捕されてすぐに、面会を申し込んできた男がいるって書いてるだろ? あの時は弁護士以外は接見できない状態だったから、結局は会えずに帰っていったけどな。その男が確か、ネイサンの知人だって言ってた。名前は……あった、これだ。ロブ・コナーズ。ちゃんと住所も書いてる」

マイクに礼を言って自分の手帳にロブ・コナーズの住所を書き写していると、離れた場所から太った刑事が「パコ!」と声を張り上げた。

「ジョー・エバンソンが現れたぞっ。ハリーとレイシーが偶然発見して尾行中だ」

パコとマイクは顔を見合わせ、受話器を手にしている刑事のもとに素早く駆け寄った。

「場所は？　今どこにいる？」

「フィゲロアホテルに入っていったそうだ。応援に向かうか？」

「もちろんだ。あの野郎、今度こそとっ捕まえてムショにぶち込んでやるっ」

マイクが興奮したように握った拳を振り回した。パコが申し訳なさそうな顔で戻ってきたので、ユウトは「行ってくれ」と先に口を開いた。

「俺はひとりでも大丈夫だ。このロブ・コナーズって人物に会いに行ってみるよ」

「すまないな。ずっと追いかけてる殺人犯なんだ。……何か困ったことがあったら、すぐ俺の携帯に電話しろよ。いいな？」

心配げな表情で軽く頬を叩かれ、ユウトは苦笑した。

「大丈夫だって。ほら、早く行けよ。マイクが待ってる」

パコは頷いて上着を摑むと、マイクと共に勢いよく駆けだしていった。


ロブ・コナーズの家はパサデナにあった。ダウンタウンから北東へ九マイルほどの場所にあるパサデナは、元日に行われるローズパレードやローズボウルで有名な街だが、ビバリーヒルズやサンタモニカと並ぶ高級住宅地としてもその名を知られている。レトロな外観の街並みを持ちながら最新の店も多く、また治安もいいことから地元では人気の高いエリアだ。

閑静な住宅街の一角でタクシーを降りたユウトは、通りからロブの家を眺めた。それほど大きくはないが、落ち着いた佇《たたず》まいのいい家だ。車庫にはフォードのSUVとトヨタの人気車、カムリが収まっている。庭の芝生もきちんと刈られ、隅々まで手入れが行き届いていた。

ユウトは短い階段をゆっくりと上り、ポーチに立った。呼び鈴を押すとしばらくしてドアが開き、白人の男が顔を覗かせた。

「誰？」

男は昼寝でもしていたのか欠伸《あくび》をかみ殺し、眠そうな顔でユウトを眺めた。年齢は三十代半ばくらいで、身長はユウトより拳ひとつ分ほど高く、百八十五センチ程度。髪と瞳の色は共に明るい茶色だ。色の抜けたジーンズとシワだらけのシャツを着ているが、そんな格好でもだらしなく見えないのは、清潔感のある整った風貌のおかげだろう。

「ロブ・コナーズさんですか？」

「そうだけど。君は？」

ＩＤカードが収まった手帳を取り出し、開いて見せる。

「……ＦＢＩ？」

「ええ。捜査官のユウト・レニックスといいます。突然で申し訳ありませんが、あなたにお聞

FBI

きしたいことがあります。お時間をいただけないでしょうか」

ロブは少し癖のある髪をかき上げ、小さく溜め息をついた。

「悪いけど、俺はもう君たちに協力する気はないんだ。帰ってくれ」

ロブがドアを閉めようとしたので、ユウトは咄嗟に手で押し止めた。

「待って。協力ってなんのことですか？　俺はただある人物のことを知りたいだけです。ネイサン・クラークをご存じですよね」

早口に言い募ると、ロブは怪訝そうな顔でユウトを見つめた。

「ネイサン・クラーク……？」

「そうです。母親を殺してロス市警に逮捕された男です。二年前、あなたはわざわざロス市警に出向いて、彼に面会を求めている。違いますか？」

「違わないけど、それがなんだっていうんだい」

「ネイサンはシェルガー刑務所に収監されていましたが、暴動が起きた時に脱獄しました」

ロブは「ああ、それで」と納得したように頷いた。

「ネイサンが今どこにいるのか知りたくて俺のところに来たのなら、見当違いだよ。彼の居場所なんて俺にはまったくわからない。彼とはそれほど親しくもなかったし、警察に会いに行ったのも単に職業的興味からだ」

ロブの説明が引っかかった。殺人犯に興味を持つ職業とは一体なんだろう。

「失礼ですが、お仕事は何を」

「……君、本当にＦＢＩ？」

逆に不審そうに聞かれ、ユウトは苦笑した。

「疑わしく思われるのでしたら、ＦＢＩに問い合わせていただいても結構ですよ」

「ロス支局から来たんだろう？　見かけたことがないけど、もしかして新人かな」

ロブがＦＢＩとなんらかの関わりがあることは間違いない。もしかしてマスコミ関係者なら厄介だなと、ユウトは頭の隅で考えた。

「新人なのは当たってますが、俺はロス支局の人間ではありません。本部所属です」

「本部？　じゃあ、わざわざＤＣから来たっていうのか？」

驚くロブにユウトは「ええ」と頷いた。ロブはようやくユウトを信用したのか、自分の職業を明かしてくれた。

「俺はカリフォルニア大学の犯罪学者だ。何度かＦＢＩの捜査を手伝ったことがあるんだが、助言を求めておいて聞く耳を持たない失礼な連中が多いから、すっかり嫌気が差してね」

やっと納得がいった。それでさっき、もう協力する気はないと言ったのだ。

「俺があなたにお聞きしたいのは、ネイサンの居場所じゃありません。あなたが知ってるネイサンがどんな男だったのか、教えていただきたいんです」

「ネイサンの行方はどうでもいいって言うのかい？　君の言ってることは、よくわからないな」

ロブは困ったように微笑んだ。つられて唇をゆるめたくなるような、魅力的な笑い方だった。どことなくパコと似ていると思った。大人の魅力を持ちながらも、少年っぽさを残した男。女性の心を一番くすぐるタイプだろう。

「悪いけど、ネイサンのことは他人に話したくない。他を当たってくれ」

微笑みを浮かべながらも、ロブはきっぱりと拒絶した。優しげな顔をしているが強情そうだ。FBIに関わりたくないという言葉も本気らしい。

ここですんなり引き下がっては、わざわざLAまでやって来た意味がない。なんとしてもロブの口から、ネイサンのことを聞き出さなくては——。

ユウトは頭の中で、素早く打開策を考えた。

「俺は少し前までシェルガー刑務所にいたんです。そこでネイサンと出会いました」

「ふうん。刑務官でもしてたの？」

面白がる口ぶりでロブが尋ねてきた。そんなわけがないと考えているのだろう。

「刑務官ではありません」

「じゃあ、なんだい？」

ユウトはあえてすぐには答えず、ロブの目をじっと見つめた。

「俺は囚人でした。犯罪者として、シェルガー刑務所に収監されていたんです」

ロブの瞳に初めて強い興味の色が浮かんだ。職業的関心を引くことに成功したようだ。しかしユウトが「食いついてこい」と強く念じた時、思わぬ横やりが入った。部屋の中から赤ん坊の泣き声が聞こえてきたのだ。

「おっと、ケイティが起きちまった。ちょっと待ってて——あ、いや、中に入って」

慌てるロブにつられ、ユウトも急ぎ足で室内に足を進めた。右手の開けっ放しのドアの向こうが広いリビングになっている。

「どうした、ケイティ。お腹が空いたのか？　それともオシッコかな？　んん？」

ソファの上で泣いている赤ん坊を抱き上げ、ロブが優しい声で問いかけた。まだ生後一年未満とおぼしき、ふっくらとした可愛らしい赤ん坊だ。

「ああ、オシッコだな。よーし、今オムツを替えてやるよ。ほら、もう泣かないの」

ロブはむずかる赤ん坊の頬に何度もキスをし、そばに置いてあった紙オムツパックから新しいものを取り出した。慣れた手つきでオムツを替えるロブの姿を眺めながら、そういえばルピータのオムツをパコと一緒によく替えたな、とユウトは懐かしく思った。

「君……ええと、レニックス捜査官だっけ？　とりあえず、そこらへんに座って」

ユウトが向かい側のソファに腰を下ろすと、ロブはなぜか「ちょっとこの子を見てて」とケイティを預けてきた。

「何も話せなくて悪いけど、コーヒーくらいはご馳走《ちそう》するよ」

そう言うと、ロブはリビングと続きになっているキッチンに消えた。コーヒーなどより情報が欲しい。そう言いたかったが、ロブの意志は堅いようだった。

ケイティは初めて見る相手がわかるのか、青い瞳でユウトを見つめていた。赤ん坊など抱くのは久しぶりだから緊張してしまう。泣きだすのではないだろうかと気が気でなかったが、そんな心配をよそにケイティはニコッと笑った。何が可笑《おか》しいのか生えかけの白い歯を見せ、声を上げて笑い続けている。

「俺の顔、そんなに面白いのか？」

ケイティの頰を指で突いて話しかけていると、ロブがコーヒーカップを持って戻ってきた。

「おやおや。うちのお姫さまはご機嫌だな。人見知りする子なのに」

ふたつのカップをテーブルに置いたロブは、ケイティをひょいと抱き上げた。愛おしそうにケイティの小さな鼻に、自分の鼻を擦りつける。

「お前もやっぱり女の子だな。格好いいお兄さんは大好きってわけか」

「奥さんは出かけているんですか？」

「女房はいないよ。独り者なんだ」

ソファに座ったロブが笑いながら答える。ユウトは「そうですか」と呟き視線をそらした。もしかしたら妻に出て行かれたのかもしれない。ユウトは同情を禁じ得なかった。こんな小さな子供を男手ひとつで育てるのは、並大抵のことではないだろう。

「……ひとりでお子さんの面倒を見るのは大変ですね」

何か言わなくては、と思いついた言葉を口にする。

「まあね。いまだに失敗してばかりだよ。子供ってのは本当に扱いが難しい」

「コナーズさんは立派です。男性がひとりで子育てなんて、なかなかできることじゃない」

「そうかい？　でも子育てってほどのことじゃない。俺がケイティを預かるのは、せいぜい月に二、三度だから」

「え……？」

話が見えず、ユウトは戸惑った。

「この子は近くに住んでる姉の子なんだ。今日は急にベビーシッターの都合が悪くなったとかで、俺が面倒を見ることになった」

「あ……」

自分の思い違いに気づいたユウトは頬を赤らめた。ケイティはロブの子供ではなかったのだ。

「す、すみません。勝手に勘違いして」

「いいよ。君が間違えるのも無理はない」

ロブは悪戯《いたずら》に成功した子供のような目で、可笑しそうにユウトを見ている。多分、最初からユウトの勘違いに気づいていたのに、わざと訂正しなかったのだ。怒るほどのことではないが、バツが悪い。ユウトは気恥ずかしさを味わいながら、カップに口をつけた。

ロブは雑談には気さくに応じるが、ネイサンのこととなると、適当なことを言って話をはぐらかしてしまう。ユウトはしつこく情報を求めたがロブの口は硬かった。

「悪いけど、どれだけ粘っても無駄だよ」

「俺は諦めません。どうしてもネイサンのことを知りたいんです。……今日はこれで失礼しますが、また明日来ます」

「明日は大学にいる。非常勤だけど、月に何度かは顔を出しているんだ」

「では、大学にお邪魔してもいいですか」

ロブはユウトの押しの強さに閉口したのか、やれやれというふうに肩をすくめた。

「君の熱心さには負けるよ。……ひとつ提案してもいいかな？」

「ええ。なんなりと」

「俺はネイサンのことをＦＢＩには教えたくない。でも気心の知れた友人になら話してもいいと思ってる」

ケイティをあやしながら話すロブのにこやかな顔を、ユウトは不可解な気持ちで見つめた。

「どういう意味ですか？」

「つまり君が俺の友人になれるなら、協力してもいいと言ってるんだよ」

さすがにすぐには返答できなかった。では今から友人になります、と答えて済む話だとも思えない。

「俺にどうしろと？」

「そうだな。まずは今から俺の行きつけの店に行って、一緒に酒を飲むっていうのはどうだろう。店を出る頃には、きっと俺たちは冗談を言って笑い合える程度の関係にはなっている。そう思わない？」

からかわれているのかと疑ったが、どうやら真面目《まじめ》な提案のようだった。

「わかりました。あなたの望むようにしましょう」

「それはよかった。もうすぐ姉がケイティを迎えに来る。そしたら俺の車で出かけよう。それと、ひとつだけ先に言っておくよ。俺の行きつけのクラブは少々特殊な店でね。そこのところだけは我慢してくれ」

ロブの人のよさそうな顔を眺めながら、ユウトは一抹の不安を覚えた。

3

ハンドルを握りながら、ロブはあらためて自己紹介をしてきた。

「俺は三十四歳。ヴァージニア大学とDCにあるジョージタウン大学を経て、三年前にこっちへ帰ってきた。今は自分の出身校のカリフォルニア大学に客員教授として籍を置いている」

拍手したくなるほどの華々しい経歴だ。この若さで客員教授として迎え入れられるくらいなのだから、相当の学識経験と業績があるのだろう。

けれどロブの態度や物腰は柔らかで、高慢な印象はまったく感じられない。いささか変人の気質はあるようだが、自分の経歴を鼻に掛けない気さくなところには好感を持った。

「俺のことはロブでいい。堅苦しいのは好きじゃないから、ざっくばらんにいこう。OK?」

「わかった。じゃあ、俺のこともユウトと呼んでくれ」

ロブの運転するSUVは、ハリウッドとビバリーヒルズの中間に位置するウエストハリウッドに入った。メルローズアベニューを走っていると、同性同士で手を繋《つな》いで歩くカップルの姿が多く目につく。ハイセンスで洒落《しゃれ》た店が多いウエストハリウッドは、ゲイが多く住んでいることでも有名だ。市長までがゲイであるこの街では、毎年盛大なゲイパレードも行われている。

あるビルの前でロブが車を停めた。駐車はバレットパーキングらしく、ロブは車を降りると係の人間にキーを手渡した。

「さあ、行こう。クラブといっても客層は大人が多いから、そんなに騒がしくない。君もきっと楽しめるよ」

騒がしくないといっても、派手なダンスミュージックを大音量で流す場所だ。店内に入った途端に耳が痛くなった。一番奥のカウンターが空いていたので、ロブと並んで腰を下ろす。フロアから離れているので、ここなら大声を上げなくても会話ができそうだ。

ユウトはやっぱりこういうことか、と踊る客たちを眺めた。店内はどこを見ても男だらけ。女性客も数人いるが、お約束のように女性同士で親密に身体を寄せ合っている。ロブに連れてこられたのは、ゲイ専用のクラブだったのだ。

ロブはノンアルコールビールを頼んだ。てっきり帰りは運転代行サービスでも利用するつもりでいると思っていたので、ユウトは驚いた。

「飲み明かすんじゃなかったのか？」

「今日はやめておくよ。ああ、気にしないで。俺はアルコールがなくても酔える特技を持ってるんだ。君は何か飲むといい。帰りは希望の場所まで送っていくから」

誘った手前、ユウトに気をつかっているのかもしれない。強引かと思えば妙に紳士的な部分もあり、今ひとつ摑《つか》みきれない性格だ。

「ハイ、ロブ。久しぶりじゃない」

身体にぴったり張りついたラメ入りのTシャツを着た、細身の若い男が声をかけてきた。

「やあ、マーブ。元気だったかい？」

ふたりは親しげに抱擁《ほうよう》を交わし、ついでに軽くキスし合った。

「この子、新しい恋人？　だとしたら、アルのことはもう吹っ切れたのかしら」

値踏みするような目でユウトを眺めているマーブに、ロブは苦笑を浮かべた。

「残念ながら、彼はそういう相手じゃない」

「そう。じゃあお友達なの」

「いや。友達になれるかどうか、テスト中なんだ」

マーブは理解できないという顔つきで首を振り、「嫌だわ。テストで友達を決めるなんて」とぼやいて立ち去っていった。

「俺がゲイに寛容かどうか知りたかったなら、こんなまどろっこしい真似しなくても、ひとこと聞けばよかったのに」

「差し障りのない社交辞令じゃ、相手の本音はわからないだろう？」

ロブは軽くグラスを持ち上げ、ユウトの文句を受け流した。

「さっきテスト中なんて言ったけど、あれは冗談だから。俺が君をここに連れてきたのは、あくまでも君と楽しむためだ。どう？　居心地は悪くない？」

飄々《ひょうひょう》とした態度のロブを見ていると、本当にただひととき楽しい時間を過ごしたいだけなのかも、と思えてくる。何か裏があるのではと構えていただけに、拍子抜けした気分だった。

「ご心配なく。俺はゲイに偏見は持ってないよ」

どうせなら、男と寝たことがあると言って驚かせてやりたかったが、さすがに初対面の相手にそこまでの馬鹿はできない。

「踊るかい？」

「俺はいい。君は自由に楽しんできてくれ」

「そういうわけにはいかない。今夜は君と仲よくなるために来たんだから」

ロブは知り合いが多いらしく、何人もの男たちが彼に声をかけてきた。一緒に踊ろうと誘われても、また今度ね、とにこやかに断っていく。

ゲイライフを自然体に楽しんでいる大学教授。次第にロブ自身に興味が湧いていた。

「君はクローゼット・ゲイなのか？」

「いや。周囲にはカムアウトしてるよ」

そうだろうと思った。ロブの陽気さとおおらかさを見ていると、自分がゲイであることに悩んでいるとは思えない。ユウトは二杯目のビールを飲みながら、ふと自分のセクシャリティについて考えてしまった。

ユウトはディックとセックスをした。あの時、嫌悪感はまったくといっていいほどなかった。

それまで自分がストレートであることに一度も疑問を持ったことはなかったが、もしかして気づいていなかっただけで、ゲイの資質があるのかもしれない。

「ロブ。ひとつ聞いてもいいかな」

「なんだい?」

「ずっとストレートとして生きてきた男が、ある日、なんの問題もなく男とセックスしてしまった。彼のことをゲイだと思う?」

ユウトの唐突な質問に、ロブは可笑《おか》しそうに口元をゆるめた。

「判断を下すには情報が少なすぎるよ。彼はその男とどうしてセックスしたの。強引に誘われて断りきれなかった? それとも彼に好意を持っていたから?」

「……多分、後者だ。好きだから望んだ」

「じゃあ、ゲイかもね。でも彼にとって一番の問題はゲイなのかストレートなのかより、自分の気持ちが本当に恋愛感情かどうかだろう」

「どうして? 普通はストレートの男が同性を好きになってしまったら、まずは自分がゲイなのか確認したくなるものだと思うけど」

ロブは「くだらないよ」と肩をすくめた。

「ゲイだと自覚できなきゃ恋心を受け入れられないっていうのなら、彼はその相手に本気で惚《ほ》れてないいんだよ。セクシャリティの嗜好とメンタルな部分は必ずしも一致しない」

「……なんだかややこしいな」

ユウトは溜《た》め息《いき》をついた。うるさい音楽とアルコールのせいか、思考が定まらない。

「君は理論的に物事を解釈したがるタイプみたいだね。だけど恋愛は理屈じゃない。目が合った時、ときめくか。触れ合った時、身体が熱くなるか。その相手に会えない時、寂しいと感じるか。それだけで答えは出ると思うけど？」

「素晴らしくシンプルな理屈だな。……トイレに行ってくるよ」

ユウトは立ち上がり、フロアを抜けて廊下に出た。トイレに入ると、中でひと組のカップルが熱烈なラブシーンを繰り広げていた。用を足すユウトのことなどお構いなしに、激しいネッキングに没頭している。

キスシーンなら至る所で見かけるが、このふたりの行為はいささか行きすぎのムードがあった。感極まった声を上げながら、互いの身体をまさぐり合っているのだ。

出ていく瞬間、壁に押しつけられている若い男と目が合った。男は相手の肩ごしに、上気した頬でユウトに向かってニッコリと微笑《ほほえ》んだ。

「よかったら君も一緒にどう？」

「遠慮するよ」

苦笑して答え、廊下に出た。ゲイだらけの場所だから、誰も開放的な気分になるのだろう。どこを見ても男同士で抱き合ったりキスしたりで、目のやり場に困ってしまう。

けれどみんな楽しそうだ。表情が生き生きとしている。享楽的だと眉をひそめる人間もいるだろうが、ここにいる男たちは今という時間を心から楽しんでいる。

自分はあの中に入っていけない。理由は人生を楽しむ余裕がないから。ゲイであるかないかは、あまり関係がなかった。

少しばかりの羨《うらや》ましさを感じながら、ユウトは音楽に合わせて踊る男たちの姿を、ぼんやりと眺め続けた。

宿泊先を聞かれ、ダウンタウンにあるホテルの名を告げると、ロブは約束通り、車でユウトを送り届けてくれた。

「つき合ってくれてありがとう」

ホテルの地下駐車場に車を止めて、ロブが微笑んだ。

「ロブ。俺は君の友達になれそうかな？」

「……そのことなんだけどね。ちょっと無理かもしれない」

残念そうな顔で呟《つぶや》かれ、ユウトは本気で落胆した。クラブでは会話も弾んだし、ロブも楽しそうだった。この調子なら、ネイサンのことを話してもらえるのではないかと期待していただけに、ショックは大きかった。

「俺のどこが気に入らなかったのか、教えてくれないか」

悠長に構えている余裕はなかった。明後日までになんらかの新情報を手に入れないと、LAにいられなくなるのだ。

「君のことはすごく気に入ったよ。真面目《まじめ》で礼儀正しいし、文句なんてまったくない」

「だったらどうして友達になれないんだ？　何が問題なんだ」

ロブは困ったように笑い、不意にユウトの頰《ほお》に指を伸ばした。

「強いて言うなら、気に入りすぎたことが問題かな。君は友達にするには惜しい男だ」

頰をそっと撫《な》でられ、やっとロブの言わんとしていることが理解できた。

「ロブ。悪いけど、俺にその気はない」

ロブの手を摑み、はっきりと宣言する。

「わかってるよ。俺はただ自分の気持ちを正直に言ったまでだ」

車内に長い沈黙が落ちる。ユウトは八方ふさがりの気持ちで溜め息をついた。

「結局、俺は君にからかわれたのか」

「違うよ。本当に君と友達になれたらって思ったんだ。これはアクシデントだ」

「狡《ずる》い男だな」

ユウトはロブののんびりした顔をにらみつけた。

「何が目的なんだ？　俺に何をさせたい？」

わざわざ自分の下心を匂わせてきたのだ。ネイサンの情報と引き替えに、よからぬことを考えているに違いない。

「よかった。君から聞いてくれて助かったよ。じゃあ、はっきり言う。ユウト、君にキスさせてくれないか」

明るい声でストレートなことを言われ、ユウトは脱力した。

「君は一体どういう男なんだ……。いい奴なのか悪い奴なのか、俺にはわからないよ」

「俺もわからない。正直言って、自分の腹黒さには驚いているんだ。いや、ホント、俺ってこういう汚い真似《まね》ができる男だったんだなって、自分でも感心してる」

本当なら怒って軽蔑《けいべつ》の目を向ける場面なのに、ロブのあまりにもあっけらかんとした態度に、ユウトはただ呆《あき》れるしかなかった。

憎めないというか、真剣に取り合うのが馬鹿らしいというか――。

「……キスだけでいいのか？　それでネイサンの話を聞かせてくれるんだな」

段々と、もうどうにでもなれという気分になってきた。キスひとつで大事な手がかりが手に入るのなら安いものだ。

「ああ。約束するよ。いくらなんでも、その気のない相手にセックスを強要するほど、俺も悪党じゃない」

「わかった。君の好きにしろ」

憮然《ぶぜん》と答え、ユウトは顔を前に向けた。するとロブが「ちょっとごめんよ」と身を乗りだしてきて、勝手にシートを深く倒してしまった。

「そこまでする必要はないだろうっ」

「いいじゃないか。どうせするならムードを出したいし」

笑って覆い被さってきたロブに、ユウトは冷たい眼差しを送った。

「俺はマゾッ気はないんだけど、君に冷たく見つめられるとなんだか興奮するな」

「ロブ、余計なことは言わなくていい。さっさと済ませてくれないか」

取りつく島のないユウトに、ロブが「はいはい」と軽口を叩《たた》く。

「頼むから、俺の舌を噛《か》み切らないでくれよ。流血沙汰《ざた》はごめんだ」

「キス以上のことをしたら、保証はできない」

早く終わらせて欲しい一念で、ユウトは覚悟を決めて目を閉じた。だが、どれだけ待っても唇は落ちてこない。

「……？」

薄目を開けて様子を窺《うかが》うと、すぐ目の前に笑いをこらえるロブの顔があった。

「ロブ……？」

「君って可愛いね。俺の冗談を真に受けるなんて」

冗談――？　そのひとことに、頭の中が真っ白になった。

「俺をからかったのか？」

「ごめん。てっきりキスなんか嫌だって断られると思ったんだ」

ユウトの頬が赤くなった。恥ずかしさと悔しさで言葉も出ない。

「どいてくれ……っ」

渾身《こんしん》の力で突き飛ばすと、ロブが「わっ」と声を上げて運転席に倒れ込んだ。

「君は最低だっ。俺の必死さがそんなに可笑しいのかっ」

ユウトは勢いよく車を降りた。

「ユウト、待って——」

ロブが何か言いかけたが、無視して思いきり力を込めてドアを閉めた。すかさずロブが助手席の窓を開けて、身を乗りだしてくる。

「からかって悪かった。待ってくれないか……！」

振り向かないで歩いていると、さらに声が飛んできた。

「明日の三時！　うちに来て欲しいっ」

ユウトは足を止め、怒りの形相で後ろを振り返った。

「なぜ？」

「ネイサンのことを話すよ。約束する。俺が知っていることは、すべて教えるから」

あくまでも真剣な表情だった。

「信じていいのか？」

「ああ。君が真面目に仕事をしているのに、侮辱するような真似をして悪かった。心から反省している。だから俺を信用してくれ」

ロブの必死な訴えを聞いて、ユウトは「わかった」と答えるしかなかった。

「明日、必ず行くよ」

「ああ、待ってる。お休み」

ホテルの自分の部屋に入ると、ユウトは真っ先にシャワーを浴びた。クラブに長い時間いたせいか、身体中に酒と煙草《たばこ》の匂いが染みついている。

入浴を済ませてさっぱりすると、裸のままシーツの中に潜り込んだ。妙に疲れ果てた気分だった。こんな時は何も考えず寝るに限る。

ロブにすっかり振り回された。腹立たしさはあったが、明日にはネイサンの話が聞けるのだ。無駄足ではなかったと自分を慰め、明日こそはと決意した。

目を閉じても、なかなか眠りは訪れてくれない。苛々《いらいら》しながら寝返りを打っているうち、頭の中にクラブで見かけた男同士の濃厚なラブシーンや、さっき別れたロブの顔が何度も浮かんできた。

ロブが本気だったなら、自分は車の中で男とキスをしていたのだ。ふと、もしもの光景を思い浮かべてしまい、ユウトは慌てて自分の想像を追い払った。

別にキスしたかったわけじゃない。断じてそうじゃない。

なんだかもやもやとして落ち着かなかった。もしかしたら欲求不満なのだろうか、と考える。そういえばこの数日、自慰などしていない。

自分で処理すれば、すっきりして眠れるかも——。

仕方なく股間に手を伸ばし、自分のものを刺激し始める。機械的に扱《しご》いて抜けばいいと思っているのに、頭の中を断片的な妄想がめまぐるしく駆けめぐっていく。

クラブで見た男同士のラブシーン。それがいつしか、自分とディックになっていた。激しく求め合い、熱い肌をまさぐり合う。

医務室のシャワー室で、ディックはユウトを手で慰めてくれた。手の動きを速めながら、あの時のディックを思い出す。

ディックにされている。想像したら興奮はいっそう高まった。

ディック……。ディック、もう……——。

『何が嫌なんだ。こんなに感じてるのに……』

いつかの囁《ささや》きが耳に蘇《よみがえ》り、胸の奥が甘く疼《うず》いた。

ディック。ディック。会いたい。お前に今すぐ会いたい——。

「ん……っ」

強い快感に身を任せようとした時、今度は別の声がした。

『BB。黄色の雌犬のあそこは、どんな具合だ?』

『いいぜ。よく締まっていて最高だ』

ユウトは全身を硬直させた。血の気が下がり、吐き気までしてくる。当然、興奮は一瞬で消え失せ、それ以上行為を続けられなくなった。

「くそ……」

力なく吐き捨て、ユウトはベッドの上で頭を抱えた。

刑務所のシャワー室での忌まわしい記憶は、時々こんなふうに不意に浮かび上がってくる。特にディックとのセックスを思い出す時、一緒になって現れるのだ。

前回受けたHIV検査で陰性の結果が出てから、気持ち的には随分と楽になった。だが病気の心配とレイプされたショックは別物だ。心に負った傷は、そう簡単に癒えるものではない。

忘れることが一番だとわかっている。何もかも忘れてしまうことが——。

ユウトは頭からシーツを被り、眠りが訪れてくれるのをひたすら待ち続けた。

4

翌日、ユウトはロブの家に行く前に、ＦＢＩのロス支局に電話をかけた。

ハイデンから紹介を受けていたジェファーソンという捜査官を呼び出し、ロブ・コナーズがどういう男か聞いてみた。

「ロブ・コナーズ？　ああ、あの先生か。まだ若いが優秀な学者だよ。ちょっと変わり者だが、信頼はできる男だ。確か去年、バーバンクで起きた連続殺人事件も、コナーズの協力によって犯人が逮捕されたはずだ」

「彼はＦＢＩにもう協力する気はないと言ってた。何かあったんだろうか」

ジェファーソンは少し黙り込み、「きっとあれだな」と呟いた。

「そのバーバンクの事件で、コナーズがプロファイリングで犯人像を絞ったのに、ＦＢＩ側が現場に残された証拠と一致しないって、コナーズの意見を無視したんだ。結果的にはコナーズが正しかったんだが、そのせいで犯人発見に時間がかかり犠牲者も増えた。コナーズは怒り狂って、ＦＢＩなんて社会のために消えたほうがいいと、言ったとか言わなかったとか」

あの温厚なロブが怒り狂う姿など想像できないが、よほど頭に来たのだろう。自分の意見を無視されたからではなく、ＦＢＩの怠慢のせいで犠牲者が増えたことに激怒したに違いない。

情報を餌《えさ》にキスを要求しておいて、実は冗談だったとユウトを笑った行為は最低だが、人間的には悪い男ではない。ユウトはロブなら捜査内容をある程度明かして、その上で協力を求めても大丈夫だろうと判断した。

約束通り、ユウトは三時にロブの家に到着した。

「やあ、ユウト。よく来たね」

昨日のことなどおくびにも出さず、ロブは爽《さわ》やかな笑顔でユウトを迎え入れた。

「昨夜はよく眠れたかい？」

「おかげさまで、朝までぐっすりと」

素っ気ない態度で返し、ユウトはソファに腰かけた。ロブは困った表情で「まだ怒ってるの？」と聞いてきた。

「怒ってる。俺は冗談で口説かれたりキスさせろって迫られた相手に、にこにこ笑えるほど人間ができてないんだ」

ロブはユウトの前に座ると、心外だと言わんばかりに顔をしかめた。

「キスさせろっていうのは、確かに冗談だったよ。でも君を気に入ったっていう言葉は本当だ。俺は本気で君に惹《ひ》かれているんだ。できれば友達以上の関係になりたいと思ってる」

ロブがここぞとばかりに甘い言葉を口にする。ユウトはにこりともしなかった。

「ロブ。最初に断っておく。頼むから俺に色目は使わないでくれ。君とは友達にはなれそうだけど、それ以上の関係にはなれない」

「そうかな? 俺の頑張り次第で、君もその気になるかもしれないじゃないか。人生は何が起こるかわからないものだ。最初から決めつけず、もっと気楽にいこうよ」

食えない微笑みを浮かべるロブに、ユウトは首を振った。

「君は頭に来るほど楽天的だな」

「ああ。プラス思考は俺の一番の美徳だ」

ユウトは気持ちを切り替え、本題に入った。

「約束通りネイサンの話を聞かせてくれ」

ロブは手のひらを突き出して、「ちょっと待って」とストップをかけてきた。

「俺は自分の知ってることをすべて話す。でもネイサンの話に入る前に、君の経歴を教えてくれないか。昨日、妙なことを言っていたよね。……自分が囚人だったとか」

昨日、ロブの興味を引こうとして持ち出した話だ。不発に終わったと思っていたのに、しっかり覚えていたらしい。

「君のことをもっと知りたい。元囚人がFBIの捜査官になれるなんて話は初耳だ。捜査官になるための条件のひとつに、道義的に非難の余地がないことという項目があったはずだが、重罪歴のある人間が一体どうやって捜査官試験にパスしたんだい?」

ユウトはロブを信用して、自分の過去を手短に説明した。DEA捜査官だったが冤罪《えんざい》で刑務所に入れられたこと。そして釈放後にFBIにスカウトされて捜査官になったこと。だがロブは穴だらけの説明に納得がいかなかったのか、ユウトが話し終わると鋭い質問をぶつけてきた。

「君の話はおかしな部分が多すぎる。なぜニューヨークからわざわざカリフォルニアまで移送されたんだ？　それに同僚の殺害事件の真犯人が決定的証拠と共に見つかり、犯行も自供したとはいえ、再審の無罪判決が類を見ないスピードで下されたのも腑に落ちないな。FBIにしても、わけありの君をスカウトした意図が不明だ」

ロブが険しい表情で言い募った。笑いを消すと理知的な雰囲気が際立つ。

「悪いが適当な作り話を聞かされるほど、俺も暇じゃないんだよ。作り話じゃないっていうなら、今度は何も省略しないで話してくれ」

真実を教えるまで、ネイサンの話は聞けそうにない。ユウトは腹を決めた。

「わかった。ちゃんと話すよ。けど約束して欲しい。今から聞く話は決して他言しないと」

ロブは即座に「約束する」と答えた。

「何を聞いても誰にも言わないよ。なんだったら誓約書にサインしてもいい」

「その必要はない。君を信じるよ」

自分の経歴とネイサンの件は切り離して説明できない。下手に誤魔化せば自分の首を絞めると思い、ユウトはさっきわざとぼかした部分を、すべて率直に語って聞かせた。

アメリカ各地で起きている爆破事件と謎のカルト集団の関係。刑務所の中にネイサンとして潜伏していたコルブスの存在。そのコルブスが暴動の混乱に乗じて、刑務所所長の手を借りて脱獄したこと。

「所長は死体となって発見された。多分、コルブスの仕業だろう」

ロブの顔はさっきよりもっと険しくなっていた。内容があまりにも荒唐無稽すぎて、余計に信用を失ってしまったのではないかと、ユウトは不安を覚えた。

「ロブ。嘘《うそ》じゃないんだ。どうか信じて欲しい。俺はなんとしてもコルブスを捜し出したいんだ。頼むからネイサンについて話してくれないか」

ユウトが訴えると、ロブは我に返ったように「ああ、いや」と表情をゆるめた。

「疑っているわけじゃないんだ。むしろ面白い——失敬、興味深すぎる内容だと思ってね」

「これは逮捕された時のネイサンの写真だ」

ロス市警から借りてきた写真を背広の内ポケットから取り出し、ロブに手渡した。

「君の知ってるネイサンかどうか、よく顔を見てくれ。ネイサンの顔に似せて整形した別人だと思わないか?」

ロブは長いこと写真を見ていたが、「うーん」と唸《うな》り声を上げた。

「そう言われると、どことなく違うような……。実を言うとネイサンとは三度しか直接会ってないんだ。だからこの写真だけでは判断がつかないよ。だけど君の話は信じる。ネイサンは組織のリーダーじゃない。彼は組織から命令されて動いていた男だ」

いきなり核心をつく言葉が出たのでユウトは驚いた。

「ネイサンとはどういう関係だったんだ？　今度は君の番だ」

ここからが本題だった。ユウトは気を引き締め、ロブの言葉を待った。

ロブは「ちょっと待っててくれ」と言い残し、リビングを出て行った。しばらくして戻ってきたロブの手には、ノートパソコンが抱えられていた。

「今から流すのはネイサンの映像だ。彼にインタビューした時、撮影したものなんだ」

「インタビュー？」

「最初から説明するよ。ネイサンが母親殺しで逮捕される半年ほど前、俺はある講演を行った。内容はマインド・コントロールと洗脳の恐怖について。——言い忘れたけど、俺は心理学の研究もしてるんだ。あの時は実際に起こった犯罪やカルト集団の事件なんかを交えて、どういう操作で人間が行動、思想、感情の統制を受けて変貌《へんぼう》していくのか、一般の人にもわかりやすく話した」

ユウトはひとことも聞き漏らすまいと、ロブの話に耳を傾けた。

「偶然、ネイサンもその講演を聞きに来ていたらしい。後から大学の研究室に電話をかけてきたんだ。自分はあるカルト集団に属している、自分のしていることは間違っているんじゃないかと思うのに組織を抜けられない、どうすればいいかって」

「……っ」

ユウトは思わず拳を握り締めた。カルト集団とはホワイトヘブンのことに違いない。ネイサンはやはりコルブスの一味だったのだ。この事実を摑めただけでも、わざわざLAに来た甲斐があった。

「強い興味を抱いた俺は、彼と会うことにした。二度会って少し打ち解けた時に、彼をこの家に招いてインタビューさせてもらったんだ。決して警察には密告したりしない、あくまでも自分の研究に役立てるだけだって、必死で口説いてね。……いいかい、流すよ」

ロブがキーを叩いて画像再生ソフトを起動させると、すぐに映像が現れた。

『君の名前は？』

映像には映っていないロブの声が質問する。ソファに腰かけた男がおどおどとした様子で『ネイサン、ネイサン・クラークだ』と答えた。

「彼がネイサンだ。刑務所にいた男とは別人かい？」

ロブの問いかけにユウトは強く頷いた。

「ああ。よく似ているが別人だ。体つきや声が違う」

『君の所属する集団の名前は？』

『ホワイトヘブン。……なあ、本当に誰にも言わないでくれよ。喋《しゃべ》ったことがばれたら、俺は殺されちまう』

怯《おび》えた目でネイサンが訴えた。本気で怖がっているのがよくわかる。

『大丈夫、安心して。ホワイトヘブンはどういう組織なんだい？　宗教的教えは存在してる？』

『宗教じゃない。思想集団だ。俺たちは武力行動も辞さない覚悟で社会を改革しようと集まった有志で、偉大なるリーダーの教えに基づき、腐敗した政治と資本主義社会の――』

ネイサンは教科書を読むように、組織の在り方やその目的について延々と語り続けたが、ユウトには結局のところ、反社会的人間たちが己の不満や鬱憤《うっぷん》をテロという卑劣な行為で解消するための、自分勝手な言い訳としか聞こえなかった。

「こんな思想に洗脳されてしまうなんて、おかしくないか？」

ユウトが眉をひそめると、ロブは「そうでもないんだよ」とニヤッと笑った。

「ネイサンの話を最後までよく聞くといい。まったくとんでもない組織だから」

「――ひと息入れよう。コーヒーを淹《い》れてくるよ」

腕組みをして考え込んでいると、ロブが気を利かして立ち上がった。ひとりになったユウトは深く息を吐いて、ソファの背もたれに身体を預けた。

インタビューは約一時間にも及ぶ長いものだった。はっきり言って大収穫だ。未知の存在だったホワイトヘブンについて、これほど多くの情報を得ることができたのだから。

ホワイトヘブンはドラッグを大きな収入源にしていた。ネイサンが組織の命令で、コカインの売買に手を染めていたと告白したのだ。メキシコを経由して密輸されてきた大量のコカインをＬＡまで届ける、運び屋的役割を任されていたらしい。

他にもホワイトヘブン結成時のメンバーのほとんどが、ＭＳＣ（military school for security cooperation）の卒業生だったということがわかった。ネイサンの証言によるとリーダー、すなわちコルブスもそこに在籍していたらしい。

ＭＳＣはテキサス州にある軍事訓練キャンプだ。国の認可を受けて合法的に運営されていると聞くが、その実体についてはユウトもよくわからなかった。

一度に多くの情報が頭に入ってきたせいか、頭の中が混乱していた。専門家であるロブにレクチャーを受けて、内容を整理する必要がある。

ロブが新しいコーヒーを持って戻ってきた。礼を言ってひとつを受け取る。

「何？　浮かない顔だね。ネイサンの話は役に立たなかった？」

「まさか。こんなすごい情報が得られるなんて、思ってもみなかったよ。ただ理解が追いつかなくて。……ＭＳＣだけど、あまりいい噂《うわさ》は聞かない。どういう目的で運営されているのかな」

「表向き、平和と人権を守るための支援団体組織ってことになっている。入学金を払って審査に通りさえすれば、誰でもキャンプに参加できるらしい。訓練の目的は治安維持だの災害時の救援活動のためだと言ってるが、要はテロリスト養成所みたいなものさ」

そういう評判はユウトも聞いたことがある。理由はかつてMSCを卒業した中南米の人間の中に、独裁者や国家テロリストとして名前を轟《とどろ》かせた者が多く存在していたせいだ。

「あのキャンプは実のところ、政府の資金援助を受けて運営されているんだ。元々が冷戦時代、中南米の左翼ゲリラ掃討の名目で、アメリカ政府が各国の軍隊をテコ入れするために設立したキャンプだからね。要するに中南米の社会主義化の阻止とコントロールが目的だったわけだ。まあ、歴史の負の遺産みたいなものだな。ホワイトヘブンはもしかして、政府と何か関係があるんじゃないだろうか」

ロブの指摘に、ユウトは「それはないと思う」と答えた。

「どうしてそう言いきれる?」

「さっきは話さなかったんだけど」

ユウトは迷いながら言葉を続けた。

「CIAはコルブスを暗殺しようとしているんだ。コルブスが政府と関係しているなら、おかしくないか」

「なんだって? この事件にはCIAも絡んでいるのか?」

さっきはディックのことを話したくなくて、CIAの存在にわざと言及しなかったのだ。

「ああ。シェルガー刑務所にはコルブスを狙《ねら》うエージェントがいたんだ。偽名だけどディックという男で、彼も囚人として刑務所に潜入していた。ディックは元陸軍軍人だったけど、ホワイトヘブンが起こした籠城《ろうじょう》事件で、コルブスに仲間を殺された。ディックは復讐《ふくしゅう》のためにCIAからコルブス暗殺を請け負って、シェルガー刑務所にやって来たんだ。……ディックは俺をFBI捜査官だと思って監視していたけど、暴動の時にコルブスを追って脱獄してしまった」

ロブは呆れたように息を吐くと、髪の毛をくしゃくしゃとかき上げた。

「まったく、君はびっくり箱みたいな男だな。驚かされてばかりだ」

「すまない。何もかもをいっぺんには話せなかった」

ロブは「いいさ」とさっぱりした態度で理解を示した。

「そもそも俺は部外者だし、知り合ったばかりなんだから、言えないことがあって普通だろう。さて、話をネイサンとホワイトヘブンに戻そう。インタビューを聞いて他に感じたことは？」

「そうだな。ホワイトヘブンがドラッグ売買に手を染めていた部分だ。これは爆破事件とも共通することだけど、メンバーたちは大層な理念を信望して組織に加わったはずなのに、やってることに矛盾を感じてないんだろうか？」

「ネイサンは自分を正当化するように、もともとアメリカにコカインを蔓延《まんえん》させたのは政府なんだと繰り返していた。確かに歴史の裏側で見ると、政府の思惑《おもわく》でコカインが大流行したのは事実かもしれない。コカイン密輸は政府もやっていたことなんだという心理的逃げ道があると、悪事に荷担している罪悪感は薄れる。それにホワイトヘブンのメンバーたちは活動資金として相当な金を与えられていたようだ。コルブスという男は本当に抜け目がないよ。きっと最初は純粋な思想で惹きつけておいて、その後で甘い汁を吸わせて判断力を鈍らせるんだろう」

ロブの説明によるとカルト宗教などに入信する人間は、家庭や仕事や人間関係を断ち切って組織に入る者が多いので、後になって自分の選択が間違っていたと認知するのは、強烈な苦痛を伴うらしい。

それを避けるために現実から目をそらし、自己正当化がどんどん凝り固まっていく。その挙げ句、妄信的になって常識外れな事件を起こすことが多いのだという。

「心理学的には認知的不協和理論ってやつでね。悪いと思うことを行っている時、行動ではなく認知そのものを変えてしまうんだよ。そのほうが楽だろ? 自分に都合のいい情報だけを選択して、自分を安心させるのさ。だけどネイサンはそんな自分をどうにかしたいと思い始めていた。脱カルトの手法はまだそれほど研究されていないから、彼に協力することで俺も勉強になればと思っていたんだが……」

「彼と最後に会ったのはいつ?」

「このインタビューをした時だ。それ以降、連絡が取れなくなった。俺は彼の携帯電話の番号しか知らなくてね。……それから数か月して、ニュースでネイサンが母親を殺したと知った。

ロス市警に行ったけど会えなくて、その後はどこの刑務所に送られたのかもわからずじまいだった。俺は彼を救えなかった自分を責めたが、心のどこかではこれで組織から解放されたんだから、よかったんじゃないのかと思ったりもした。まさに認知的不協和理論だね」

肩をすくめるロブに、ユウトは何も言えなかった。ロブにとってネイサンとのことは、あまり思い出したくない苦い記憶なのだろう。

「だけど逮捕されたのが偽物だったとすると、本当のネイサンはどうなってしまったんだ？」

ユウトは「あくまでも推測だけど」と前置きして、最悪の場合すでにコルブスに始末されている可能性もあると答えた。これにはロブもショックを受けたのか、黙り込んでしまった。

「ネイサンの母親を殺したのもコルブス？」

「そうだと思う。逮捕時には整形手術を終えていたんだから、用意周到に仕組んだはずだ」

ユウトは仮説を立て、ロブに話してみた。

籠城事件の後、身の危険を感じたコルブスは、他人になりすまして刑務所の中に隠れることを思いついた。そこで部下の中からネイサンを選び出した。ネイサンには前科もないし、体型や髪の色も似ている。一番いい生《い》け贄《にえ》だったのだろう。

整形手術が終わると、ネイサンを殺害してさらに彼の唯一の身内である母親も殺した。後は警察に出頭するだけで、ネイサンとして刑務所に送られる。

「大体そんなところかもな。けど、その事実がわかったところで、コルブスの行方はわからない。これからどうするんだ？」

「とりあえず、シェルガー刑務所に行ってくる。向こうで話を聞きたい人物がいるんだ。その後はネイサンのコカイン関係を当たるつもりだ。ホワイトヘブンの一味が見つかれば、コルブスの情報も得られる。……ロブ、ネイサンがコカイン売買で関わっていた、ギャングについて何か知ってないか？」

「チカーノのギャングと取引があるって言ってたな。確かアラ・ロージャというギャングだったと思う。警察に聞けば何かわかるかも」

「じゃあ、ロス市警で刑事をやってる兄に相談してみるよ」

それを聞いたロブは、また驚きの表情を浮かべた。

「兄さんも刑事なのか。たいした兄弟だな」

「連れ子再婚だから、血は繋がってないけどね。向こうはチカーノなんだ」

「へえ。ところでユウトは中国人なのか？　それとも韓国人？」

「どっちも外れ。俺は日本人だよ」

少しの間、互いの生い立ちや家族について話をした後、ロブがシェルガー刑務所には明日行くのかと尋ねてきた。そのつもりだと答えると、ロブは自分も一緒に行きたいと言いだした。

「捜査の邪魔はしないから俺も同行させてくれ。あの刑務所には、前から一度行ってみたいと思っていたんだ」

ロブはどこか楽しそうな表情でユウトの返事を待っていた。立派な大人なのに、時折妙な子供っぽさが顔を覗《のぞ》かせる。変な人だ、とユウトは苦笑した。

「それも研究のひとつ?」

「おおいに役立つフィールドワークだよ。俺は刑務所関連の研究も手がけているんだ。司法や刑罰システムを考える上で、刑務所という場所は非常に象徴的な場所でね。刑務所の民営化問題とか矯正産業の実体とか、そういう部分をさらに詳しく——なんだい? 変な顔して」

思わず腕を伸ばしてロブの手を握っていた。ユウトの唐突な行動にロブが目を丸くする。

「ユ、ユウト? どうかしたの?」

「……すごい。ロブのほうがびっくり箱だよ」

ディックは別れ間際、コルブスが語った刑務所の現状の中に、重大な手がかりがあるようなことを言い残した。あまりにも曖昧《あいまい》すぎて、どう解釈すればいいのかさっぱりわからないでいたが、刑務所事情に精通しているロブなら、何かヒントを与えてくれるかもしれない。

「LAに来て、君と出会えたことが一番の収穫だよ」

ロブは少し照れたように、「それはよかった」と微笑んだ。

「君さえよければ、正式に捜査協力を頼めないだろうか。俺がこっちにいる間、いろいろと相談に乗ってもらいたいんだ」

FBIにはもう協力したくないと言っていたので、駄目かもしれないと思った。だが、これだけ強力な助っ人を、みすみす逃すわけにはいかない。

「わかった。協力させてもらうよ」

渋られると想像していたのに、ロブの答えは拍子抜けするほど呆気《あっけ》なかった。

「本当に？」

「ああ。こんな興味深い事件なら大歓迎さ。それにネイサンのこともある。彼が今、どこにいるのか知りたいんだ。——たとえ死体になっていたとしてもね」

ユウトはロブと握手をするため、あらためて右手を差し出した。

5

「これがシェルガー刑務所か。大きいな」

運転席でハンドルを握るロブが、感嘆の声を上げた。助手席に座ったユウトは延々と続くフェンスを眺めながら、懐かしいようなそれでいて気が重くなるような、どちらつかずの複雑な気持ちを味わっていた。

初めてここに来た時は、金網の張られた囚人護送用バスの窓からこのフェンスを見ていた。隣にはマシューが座っていた。入所早々に味わった暴力の洗礼。日常的にぶつけられる人種差別的発言。不味《まず》い食事に不衛生な生活環境。頭がどうにかなりそうになった独房暮らし。

どれも嫌な記憶だが、一番強くユウトを打ちのめしたのは、黒人ギャングのナンバーツーだったBBにレイプされた出来事だ。シャワー室で数人の男たちに押さえつけられ、ろくな抵抗もできないまま、後ろからBBに激しく貫かれたのだ。

あの事件で張り詰めていた心の糸は、一気にゆるんでしまった。入所以来、どんなに辛《つら》くても諦《あきら》めないで努力するんだと、必死で自分を励まし続けてきたユウトだったが、肉体以上に心の尊厳を粉々に砕かれたことで、とうとう挫《くじ》けそうになった。

そんなユウトを励ましてくれたのがディックだった。ディックは自分を責めるユウトを抱き締め、「弱音を吐いてもいいんだ」と額に慰めのキスを与えてくれた。それから——。

「着いたよ」

ロブの声に追想を断ち切られ、我に返った。車はもう駐車場に収まっていた。

「行こうか」

ああ、と返事をしてドアを開けたのはいいが、腰が重い。意思に反して身体が嫌がっているのだ。嫌な過去が刻まれた場所へ戻ることを拒んでいる。

「……ユウト。どうかしたのか？」

助手席側までまわってきたロブが車体に片腕を突き、心配げな顔でユウトを見下ろした。ユウトは「なんでもない」と答え、無理やりシートから尻を浮かせた。

「気分が悪いなら、少し休んでいけばいい」

「いや。大丈夫だ。行こう」

ロブの肩を軽く叩いて歩きだす。確かにシェルガー刑務所は最悪の場所だったが、ここでの体験がすべて無駄だったわけではない。いい思い出はなくても、得たものはあったはずだ。

「刑務所側には君もＦＢＩの人間だと紹介するけど、構わないかな」

ロブが捜査権を持たない人間だとわかれば、所内への同行を禁じられるかもしれない。

「それはいいけど。……問題は俺がＦＢＩに見えるかどうかだ」

ユウトは「問題ないさ」とロブを振り返った。今日のロブはスマートにスーツを着こなし、髪もきれいに整えていて非の打ち所がない。最初見た時、まったく雰囲気が違うので、一瞬別人かと思ったほどだ。ロブに言わせれば「こっちが本来の俺さ」ということなのだが、これならＦＢＩ捜査官だと名乗っても疑われないだろう。

「ところで、君の兄貴はいつもああなのかい」

「パコのこと？　ああって何が」

「まるで俺のことを、殺人事件の容疑者でも取り調べるみたいな怖い目で見てた。俺が相当お気に召さなかったみたいだね」

ユウトは今朝の風景を思い出し、「そういうわけじゃない」と苦笑した。

「いきなり俺が知らない人間と遠出するって言ったもんだから、心配していたんだよ。いつもはもっと気さくな人だ」

昨夜、夕食を共にしたパコにロブのことを話すと、本当に信頼できる男なのかと何度も質問された。身元がちゃんとした相手だとわかると一応納得してくれたが、それでも心配だったのだろう。朝になってロブがロス市警まで迎えに来た時、にらむようにロブの一挙手一投足を注視していた。

「気を悪くしたのなら謝る。俺が冤罪で逮捕されたこともあって、ちょっと過敏になってるみたいなんだ」

パコは昔から家族思いの男だったが、ユウトの父親が死んでからは、よりいっそう家族に対して深い愛情と責任感を持つようになった気がする。ユウトが逮捕された時も、仕事を放り出してニューヨークまで駆けつけてくれた。

「ああ、なるほど。弟思いのいい兄貴じゃないか。でもどうしてパコの家に泊まらないんだ?」

「パコは自分のアパートに来いって言ってくれたけど、彼女と一緒に暮らし始めて間がないから、邪魔したくなくてね」

パコは水臭いと怒ったが、ユウトは勝手にチェックインしてしまった。実を言うとパコの恋人は少し苦手なのだ。美人でセクシーなチカーノだが、以前パコの部屋に泊まった時、表面ではにこやかに対応してくれたが、本音では邪魔に感じているのがわかってしまったからだ。

「じゃあ、うちに来れば? 部屋なら空いてるし、車も二台あるから好きに使っていいよ」

知り合って間のない相手だというのに、ロブは気楽な調子で提案してきた。

「ロブは誰にでもそんなに親切なのか?」

「まさか。相手によるよ」

ウインクしてきたので、ユウトは冷たく無視した。

「どうせ下心で言ってるんだろう」

「違う違う。いや、下心も確かに持ってるけど」

ユウトは「どっちなんだよ」と苦笑した。

「俺はこの事件に興味があるんだ。だから学者としての下心で誘ってるのさ。俺の個人的下心はしばらく封印しておくよ。絶対に君の嫌がることはしない。だから安心してくれ」

「安心できないな。君は腹黒い男だから」

そんな冗談を言っているうちに、刑務所の中央棟に到着した。ユウトは受付でFBIであることを名乗り、所長への面会を求めた。ふたりはすぐに所長室に通され、新しい所長であるカーターという男と対面した。カーターはまだ五十代になるかならないかの痩《や》せた男で、前所長のコーニングとは違い、愛想のいいタイプだった。

「突然、申し訳ありません。FBIのレニックスです。こちらはコナーズ捜査官」

自己紹介するとカーターはにこやかに微笑みながら、ふたりと握手を交わした。応接ソファに腰を下ろした後、先に話を切り出してきたのはカーターだった。

「もしかしてコーニングが殺された件でいらっしゃったんですか？　まったく驚きましたよ。まさか彼が死んでいたなんて」

「コーニング氏とはお知り合いでしたか」

「一応、同じ会社の人間ですからね。といっても、私はここに赴任してくる前はユタ州の刑務所で所長をしていたので、会社の集まりで何度か世間話をした程度です」

シェルガー刑務所は州立刑務所だが、実際の運営はスミス・バックス・カンパニーに委託されている。スミス・バックス・カンパニーは全米で何十か所もの刑務所を運営する、アメリカ最大の矯正企業だ。

「失礼ですが、あなたはいつここに赴任されてきたのですか?」

「二週間ほど前ですよ」

「そうですか。——実は私たちが来たのは、コーニング氏の事件を捜査するためではありません。先だっての暴動の際、ここから脱走したネイサン・クラークについて調べたいことがあるんです」

「ああ、ネイサン・クラークの件で……。ですが、刑務所の中を調べたところで、彼の逃亡先まではわからないと思いますよ」

「どんな些細《ささい》なことでも知りたいんです。看守や受刑者と話す許可をいただきたい」

カーターは困惑した様子でユウトを見ていたが、ややあって「わかりました」と承諾した。続けてユウトが看守部長のガスリーに案内を頼みたいと告げると、カーターは不審げな顔をしながらも内線電話でガスリーを呼び出した。

五分ほどでガスリーが現れた。ユウトが収監されていた、西棟Aブロックを担当している刑務官だ。ガスリーはユウトを見て驚愕《きょうがく》したが、カーターからFBIだと紹介された時は、ほとんど表情を変えなかった。

所長室を出て中央棟の廊下を奥へと進みながら、ユウトは前を歩くガスリーに話しかけた。

「久しぶりだな。ガスリー」

「ああ。まったく、どうなってるんだ。ちょっと前までここにいたお前がFBIだなんて」

「知っていたんだろう？　ディックから、そう聞いていたはずだ」

　CIAとディックはユウトのことを、FBIではないかと疑っていた。CIAの協力者であるガスリーも知っていた可能性は高い。

「なんのことだ」

　個室で話がしたいと申し出ると、ガスリーは渋々ふたりを面会室へと案内した。

「あんたはディックに便宜を図っていた。彼の目的もすべて知ってのことか？」

「なんの話だかさっぱりわからん」

「シラを切るな。あんたがCIAの協力者だってことを俺は知っているんだ」

「CIAの協力者？　俺が？　馬鹿な冗談はよしてくれ」

　ガスリーはあくまでも認めないつもりだ。どうやって白状させようかと考えていると、隣でロブが「無駄だよ」と呟いた。

「拷問でもしなきゃ、彼は喋らない。CIAの協力者は恐ろしく口が硬いんだ。秘密を漏らしたことがわかれば、自分がCIAに始末されるかもしれないからね。……だろう？」

　ガスリーは無言でロブをにらみつけた。ユウトは方法を変えることにした。

「じゃあ、あんたがCIAと関係していたかどうかは聞かないことにするよ。その代わり、ここの看守部長として答えてくれ。看守なら知っていてもおかしくないことだ」

ユウトの妥協案に応じる気になったのか、ガスリーは溜め息混じりに「何が知りたいんだ」とぶっきらぼうに答えた。

「前所長のコーニングとネイサン・クラークについてだ。あのふたりはよく個人的に話をしていたようだが、実際はどういう関係だった？　元々知り合いだったのか？」

ガスリーは制帽を取ると、やけくそのように髪をかき乱した。

「俺も詳しくは知らん。ただネイサンが入所して来た時、コーニング所長からは『自分の友人の息子だから、目をかけてやってくれ』と頼まれた」

「あんたはそれを本当だと思ったのか？」

「いいや。口実だってすぐわかったよ。コーニング所長はネイサンのことを、ひどく嫌っていたからな。そのくせあいつのことを恐れるみたいに、何かにつけ特別扱いしていた。だから俺は、所長はネイサンに何か弱味でも握られているんじゃないかと思った」

本当にコーニングはネイサンに脅されていたのだろうか。だから言いなりになって、脱獄の手助けもした？　可能性はあるはずだが、何かが引っかかる。

「ガスリー。あんたはネイサンが偽物だったことを知ってるのか？」

「……は？　偽物ってなんのことだ？」

ガスリーが本気で怪訝《けげん》そうな顔をしたので、彼が何もかも知っているわけではないのだと直感した。CIAも末端の協力者にまで重大な機密は明かさないはずだ。ガスリーはCIAからの指示を受け、単にディックの要望を汲《く》んでいただけなのかもしれない。

「いや、いい。——看守の中には囚人同士の賭《かけ》に荷担して上前をはねたり、賄賂《わいろ》を受け取っている人間もいたよな」

「俺はやってないぞ」

「わかってる。あんたはいい看守だった。それは俺も認めるよ。……だけど、そういう連中は確かに存在してるだろう？　たとえばコーニングがネイサンを邪魔だと思っていたなら、権力を使って彼を痛めつけたり、独房に閉じこめておくこともできたはずだ」

「……まあ、できない話じゃないな」

「仮にネイサンがコーニングの社会的立場を左右するような情報を握っていたとしても、外部との接触を遮断させる力も持っていたんだから、そんな簡単に脅しに屈するだろうか？」

黙って聞いていたロブが口を挟んだ。

「ネイサンそのものより、彼の背後にあるものを恐れていたとしたら？」

ユウトはロブを振り向き、なるほどと思った。もしかするとコーニングはホワイトヘブンの存在を知っていて、ネイサンの命令に逆らえば、刑務所の外で危害を加えられると怯えていたのかもしれない。

「スペンサー先生はいるのか？」

非常勤医師のスペンサーも、ガスリーと同じでCIAの協力者だ。ディックは看護助手として医務室で働いていたが、ユウトの想像に間違いがなければ、スペンサーを通してCIAとコンタクトを取っていたはずだ。

「ああ。呼んでこようか」

「いや。こっちから行くよ。医務室まで同行してくれ」

再び廊下に出て歩いていると、興味津々で周囲を眺めるロブにガスリーが注意を与えた。

「あんた、囚人たちをあからさまに見るのはやめてくれ。奴ら意外とデリケートなんだ。ちょっとした刺激を与えただけでも、ここじゃ何が起こるかわからん。厄介ごとは御免だぜ」

ロブは「了解」と答え、胸ポケットから黒いサングラスを取りだしてかけた。

「これなら見てるってわからないだろ?」

ガスリーはやれやれというように首を振った。

「ガスリー。俺がここを出てから、何か事件はあったか?」

「小さな騒動ならいろいろとな。だが、今は全体に落ち着いてる。……そういや、先週リベラが出所したぞ。お前、あいつとは仲がよかっただろう」

「リベラが……? そうか。もう出所できたのか」

エルネスト・リベラは刑務所内に存在するチカーノギャング、ロコ・エルマノのカリスマ的リーダーで、チカーノのまとめ役としても囚人たちから絶大な支持を集める存在だった。偶然、独房で隣り合わせ、互いの顔も知らないまま意気投合した。ユウトはネトという愛称で彼を呼び、ネトもまたユウトのことを友人として認め、独房を出た後もいろいろと気にかけてくれた。あとで個人的に面会できればと考えていたので残念に思ったが、ネトが自由になれたのは喜ばしいことだ。

今日は午前中のみの診察なので、医務室の待合室は空っぽだった。ガスリーに外で待っているよう頼み、ユウトはロブと一緒に診察室に入った。

机に座って何かを書いていたスペンサーは、ユウトを見て「おやおや」と相好を崩した。相変わらずのボサボサ頭と無精髭《ぶしょうひげ》を見て、強い懐かしさを覚える。

「ユウトじゃないか。今日はどうしたんだ。また熱でも出たのか？　だけど悪いね。診察時間はもう終わったよ」

「では残念ですが、点滴はまた今度に」

握手するためにスペンサーに手を差し出した。スペンサーも笑って手を伸ばしてくる。

「お久しぶりです」

「ああ。君も元気そうで安心した。そっちの彼は？」

ロブはサングラスを外すと、澄ました顔で「ＦＢＩ捜査官のコナーズです」と答えた。ユウトがＩＤカードを見せると、スペンサーは「本当に？」と瞠目《どうもく》してふたりを見比べた。

「君はＦＢＩの人間だったのか」

スペンサーの驚きぶりにわざとらしさは感じられず、演技かどうかの判断は難しかった。

「俺は今、ネイサン・クラークを捜しています」

「ああ、脱獄したネイサンか。ディックのほうはいいのかい？　同じ脱獄犯なのに」

さり気ない質問の向こうに、何かしらの意図が透けて見える気がした。

「ディックのことは警察が追っています。我々がネイサンを捜しているのは、彼の背後にはある犯罪組織が存在していると思われるからです。先生はネイサンとディックが親密だったことを知ってますよね？　ディックからネイサンのことで何か聞いていませんか」

ＣＩＡの名前を持ちだして探りを入れたところで、ろくな答えは返ってこないことはわかっていた。スペンサーはいかにも人のよさそうな男だが、一筋縄ではいかない部分がある。だからあえてガスリーに質問したのと同じように、表向きの立場を尊重して情報提供を求めた。

「残念ながら聞いてない。君も知ってると思うが、ディックは口数の多いほうじゃなかったからね。あいつが多弁になるのは、決まって俺に文句を言う時だけだった」

ガスリーより何倍も上手のスペンサーからは、有益な情報など聞き出せそうにない。ユウトは時間の無駄だと思い、それ以上の質問は諦めた。

「そうですか。わかりました。お邪魔してすみませんでした」

「いやいや。会えて嬉しかったよ。……そういえば、ディックが言ってたな」

思い出したようにスペンサーが呟いたので、ユウトは一瞬期待した。だがスペンサーが話してくれたのは、事件とはまったく関係のない雑談だった。

「子供の時に犬を飼っていたって」

「犬……？　ディックは確か施設育ちでしょう？　孤児だったと聞いてますが」

「ああ。犬は施設で飼われていたそうだ。真っ黒な素っ気ない犬で、頭を撫でてやろうとすると嫌がって逃げる。そのくせ無視してると、構って欲しそうに物陰からディックのことをジーッと見るんだそうだ」

「はあ。でもそれが……？」

「君を見てると、その犬を思い出すってさ」

「……俺が、犬……？」

どう反応を返していいのかわからずユウトが困惑していると、ロブが噴きだした。

「ロブ」

「いや、すまん。……だけど、なんとなくわかる気がして。く……っ」

何がそんなに可笑しいんだと憤慨しながら、隣で派手に笑っているロブをひとにらみする。

「君が倒れてここに運ばれて来た時、ディックは心から心配していた。あんなに必死になってる姿は初めて見たよ。いろいろあって、君たちの道は分かれてしまった。立場も激変しただろう。だけどあいつの君を思いやる気持ちにだけは、嘘などひとかけらもなかったはずだ」

スペンサーが柔和な瞳で断言した。ユウトは胸を衝かれる思いでその言葉を受けとめた。

「……スペンサー先生。あなたから見たディックは、どういう男でしたか」

「それはＦＢＩ捜査官としての質問かい？」

「いえ。個人的なものです」

スペンサーは「そうだな」と空に視線を彷徨《さまよ》わせた。

「口も悪いし態度も冷たいが、本当は情の深い優しい男だった。医務室のベッドにいる囚人たちは文句を言いながら、みんなディックに感謝していた。ディックの看護を受けていた連中は痛みがひどくなったり、耐えられないほど苦しくなった時は、必ず奴の名を呼ぶんだ。まるで子供が母親を求めるみたいにな。ディックならきっと自分の辛さをわかってくれる。そう感じさせるものがあいつにはあったんだろう。不思議な男だよ」

ユウトも同じ気持ちだった。冷淡な雰囲気をまとっているのに、ディックには思わず寄りかかりたくなるような何かがあった。自分のすべてを委ね、その胸で優しく包み込んで欲しいと思わせる何かが。

ディックを思い出すと胸が苦しくなる。ユウトは感傷を断ちきり、スペンサーに礼を述べて診察室を後にした。

外で待っていたガスリーと合流して医務室を出た時、見覚えのある顔がこちらに向かってくるのが見えた。

「マシュー？」

声をかけると、若い男はキョトンとした表情で顔を上げた。そばかすの残るあどけない顔。少年のような細い身体。間違いない。マシュー・ケインだ。

「ユウト……っ？　本当にユウトなの？」

ユウトを認めた途端、マシューの幼い顔はパッと輝いた。マシューは飛び跳ねるように走ってきたかと思うと、勢いよく抱きついてきた。ユウトは華奢《きゃしゃ》な身体を受けとめ、「そうさ」と明るい声で答えた。

「俺だよ、ユウトだ。久しぶりだな。いつ戻ってきたんだ？」

マシューはベルナルというチカーノの囚人にひどい暴行を受け、外の病院で入院生活を送っていた。戻ってこないうちにユウトは釈放されたので、別れの挨拶《あいさつ》もできないままだった。

「もう十日くらいになるかな。帰ってきたら、みんないなくなってて驚いた。ユウトのことは聞いていたよ。無罪が証明されて釈放になったんだろう？　おめでとう」

「ありがとう。身体はもう大丈夫なのか？」

「すっかり元気さ。今は医務室の仕事を手伝ってるんだ」

「そうなのか。他の囚人たちとは上手《うま》くやってるか？」

せっかく怪我《けが》が治ってもまた誰かに狙われたりして、嫌な思いをしていないか心配だった。

「うん。……なんかよくわかんないんだけど、チカーノのアロンソーが、すごくよくしてくれるんだ。おかげで変な奴らにちょっかい出されなくて助かってる」

アロンソーはロコ・エルマノの幹部で、確かネトの腹心だった。一瞬、なぜチカーノが白人のマシューを、と不思議に思ったが、誰の指示だかピンときた。きっとネトだ。ユウトは出所が決まった時、もしマシューが病院から帰ってきたら、できる範囲で構わないから彼のことを守って欲しいとネトに頼んでおいたのだ。

マシューの明るい顔を見て安心したのと同時に、自分との約束をきちんと守ってくれたネトの義理堅さに、ユウトは心から感謝した。

6

「本当に甘えていいのかな」

「いいも何も、もうホテルだって引き払ってきたのに」

ロブの言う通りだった。

「そうだけど。……本当に邪魔じゃない？」

ＬＡに戻ってきたふたりは、ダウンタウンの中華街で夕食を済ませた。その後でユウトはホテルをチェックアウトし、荷物を持ってロブの家にやって来たのだ。

うちに来いというロブの誘いを最初は断っていたのだが、ロブがあまりにも熱心なので、ついにはユウトが折れた。ロブの男としての下心は見え見えだが、無理やり相手をどうにかするタイプではない。それだけはわかっているので、神経質に警戒することもなさそうだった。

向かい側のソファに座ったロブは、「心配性だな」と呆《あき》れたように笑った。

「邪魔だと思うなら、最初からうちに来いなんて言わないよ」

「でも俺がいると、恋人も家に呼べないだろう」

「嫌みを言うなよ。恋人なんていないって知ってるくせに。三か月前に恋人に捨てられてからは、ずっと寂しい独り者さ」

「君ほどの男を振るなんてもったいないことをしたな。ハンサムで優しくて、その上、赤ん坊のオムツまで手際よく替えられる大学教授なんて、そうはいないのに」

ロブはネクタイを引き抜くと、笑って「まったく最高の褒め言葉だよ」と投げつけてきた。

「そういうユウトはどうなんだ。ニューヨークで可愛い彼女が待ってるんじゃないのか？」

「いたら今頃ラブコールで大忙しさ。ロブと酒なんか飲んでない」

「それもそうか。まだ飲めるだろ？」

空になったユウトのワイングラスに、ロブが白ワインを注ぎ足してくる。

「電話といえば、さっき話していた相手、ハイデンだっけ？　君の直接の上司に当たるのか」

「ああ。嫌みな男だけど、君のおかげで今日は気持ち悪いほど上機嫌だった。ネイサンのインタビューが相当効いたらしい。おかげでシェルガー刑務所でたいした成果が得られなかったことも、咎《とが》められなかった」

ハイデンには昨日のうちに、ロブを捜査に参加させたいと連絡していた。ロブがＦＢＩに協力したこともある犯罪学者だと説明しても最初は納得しなかったが、彼がネイサンのインタビュー映像を持っていることを明かすと、ころっと手のひらを返して許可を与えてきた。今頃はユウトが送ったインタビュー映像を、必死になって分析していることだろう。

「ああやって関係者から直接話を聞くのは、大事なことだよ。相手のちょっとした言葉や態度の中に、大きな手がかりが隠れていることだってある」

ロブはそう言うが、今日聞いたガスリーとスペンサーの話の中に、これといった情報は見当たらなかった。ユウトがそのことをこぼすと、ロブはコルブスと前所長コーニングの関係は重要なポイントではないかと指摘してきた。

「ユウトから見たあのふたりの関係は、どんなふうだった？」

「関係といっても囚人と所長じゃ、そうそう接触する機会もないし——。ああ、一度だけ見たな。コーニングがコルブスのいる図書室にやって来て、彼にひどく怒っていたんだ」

「所長がわざわざ出向いてきたのかい？」

ロブが興味を示したので、ユウトはその時のことを話して聞かせた。確かふたりは、ネトのことを話し合っていた。黒人とチカーノの抗争を激化させないよう、長期間、独房へ入れられていたネトが、いきなり一般監房に戻された頃だった。

『いい気になるなよ。なんでも貴様の思い通りにはならん。リベラを一般監房に戻しただけでも、こちら側としては最大の譲歩をしたつもりだ』

不機嫌を露《あら》わにするコーニングに対し、ネイサンだったコルブスは穏やかな声でこう答えた。

『ミスター・コーニング。リベラの解放は長い目で見れば、刑務所側にもよい結果をもたらすと何度も説明したはずです』

聞き終えたロブは、「まるで立場が逆だな」と顔をしかめた。あの時は、ふたりのやり取りを特に不思議だと思わなかった。なぜならネイサンは四人の人権問題に尽力していたからだ。彼がネトの不当な拘束を問題視して、コーニングに訴えて改善させたとしてもおかしくない。

「今の話だと、ネトを解放させたのはコルブスだったことになる。目的はなんだ？」

ユウトは何か大事なことを忘れている気がして、額に手を当てた。目を閉じて記憶をたぐり寄せる。あの時のコルブスが望んでいたものは何か——。

——暴動を起こすよう、上に命令されたのか？　それともすべてお前の独断か？

不意にディックの言葉が脳裏にひらめいた。

「……暴動だ。コルブスは暴動が起きることを望んでいたんだ」

「暴動？　なぜ？」

「理由はわからないけど確かだ。ディックがコルブスにそんなことを言っていた」

暴動が起きた時、ディックとコルブスは初めて互いの正体を知ったのだ。ディックはコルブスに拳銃を突きつけられながら、黒人のボスであるチョーカーを殺したのはお前かと尋ねた。抗争を望まないチョーカーが死ねば、チカーノを叩《たた》き潰《つぶ》したくてうずうずしているナンバーツーのBBが次のボスになり、人種抗争はますますヒートアップする。

「なるほど。確かにリベラが解放されて、さらにそのBBって男がボスになれば、黒人とチカーノの緊張は高まって、暴動は起きやすくなるな」

「ああ。問題はなぜコルブスが暴動を望んでいたかだ」

「暴動が起きたほうが脱獄しやすいから？　いや、違うな。コーニングを意のままに操っていたなら、そんな面倒な手間をかけなくても刑務所から出て行ける。……ユウト。情報は多ければ多いほどいい。コルブスが君に話したこと、覚えているだけ教えてくれないか」

「ああ。俺も君に聞いてもらいたいと思っていたんだ」

ユウトはコルブスが今のアメリカの刑務所事情に触れ、強い不満を漏らしていたことを話した。年々、恐ろしい推移で増えていく受刑者の数。しかし増加しているのは犯罪件数ではなく投獄率であること。その影には刑務所の民営化問題があり、企業の利潤追求のために受刑者が意図的に増やされているという現状。

「確かにコルブスの話は間違ってない。今や刑務所産業複合体は我が国の重要な経済のひとつとして、必要不可欠な存在にまで発展してしまっている。……実は俺がジョージタウン大学を辞めたのは、刑務所の民営化問題で、ある教授と対立したことが原因なんだ」

思いがけない事実を聞かされ、ユウトは驚きを隠せなかった。

「どういうことなんだ？」

「彼は刑務所民営化を推進する高名な学者だったが、その裏でスミス・バックス・カンパニーから莫大《ばくだい》な金を受け取っていた」

「スミス・バックス・カンパニーって、シェルガー刑務所を運営しているあの……？」

「そうだ。表向きは研究費の援助や委員会に参加した謝礼だから、法律に違反していたわけじゃないが、自分の研究を金儲《もう》けに利用していたんだ。俺だって民営化を頭から否定するわけじゃないが、あの男の汚さには愛想が尽きた。……コルブスの言う通り、この国はおかしい。警察や軍隊や刑務所、そういった非生産的分野に国の予算の約半分が注ぎ込まれている。本当なら巨費を投じて刑務所を建てる前に、学校や低所得者のための住宅を増やすべきだろう？　儲け主義の前には法律さえも改正される。政治家も学者も企業の言いなりだ」

ユウトは憤慨するロブのグラスに、そっとワインを足してやった。ロブは熱くなりすぎた自分を恥じたのか、慌てたように「すまない」と謝った。

「コルブスが正しいと言ってるわけじゃないんだ」

「わかってる。あの時のコルブスは思慮深くて頭がいい、みんなに尊敬されるネイサンを演じていただけだ。あれはコルブスの意見というより……」

ユウトは口をつぐみ、目の前にあるワイングラスを見つめた。

「――ネイサンになりきるあまり、ボロを出した」

「え？　なんだって？」

「ディックが俺に言ったんだ。それと、コルブスは刑務所の抱える闇の向こうにいるって」

ロブは「闇っ？」と繰り返し、大袈裟《おおげさ》に天を見上げた。

「ディックって男は、なんでそんな抽象的な言い方をしたんだ？」

「彼はＣＩＡと契約しているから、秘密を守る義務があったんだ。あれがギリギリのヒントだったんだと思う」

ディックはユウトのために、あえてルールを破っていろいろ語ってくれたのだ。ユウトが優位な立場でＦＢＩと交渉できるように。自分の手で自由を勝ち取れるように。

「まだ飲む？」

ロブがワインボトルを持ち上げたが、ユウトは断った。

「もうやめとく。少し酔ったみたいだ」

「横になってもいいよ。自分の家だと思ってくつろいでくれ」

ユウトは言葉に甘えるように両足をソファに上げると、背もたれに片肘《かたひじ》をついて、重くなってきた頭を手のひらで支えた。心地いい酩酊感《めいていかん》に包まれ、このまま眠りたくなる。

「……ユウト。少し立ち入ったことを聞いても構わないか」

ロブがあらたまった態度で切り出してきた。ユウトはロブを促すように気怠《けだる》く瞬きを返した。

「君とディックがどういう関係だったのか教えて欲しい」

質問の意図が摑《つか》めず、ユウトは戸惑いを覚えた。

「彼は俺の同房者で、ＣＩＡのエージェントだった。俺を対立するＦＢＩの手先だと思って監視していた。……そう説明しなかったか？」

「それは聞いた。だけど一種の敵対関係にあったはずなのに、彼とかなり親密だったようだから、不思議に思ってね」

「俺はディックがCIAだとは知らなかったんだ」

「でも彼のほうは君を敵だと思っていたんだろう？　なのにスペンサーは、ディックが君を本気で思いやっていたと言った。……俺には君もディックのことを、すごく気にしているように見えるんだ。彼の名前が出るたび、君はどこか痛いような……いや、違うな。なんていうのか、とても切なそうな目をする」

　ユウトは言葉もなく、ロブの真面目《まじめ》な顔を見つめた。自分の気持ちはそんな露骨に表に現れていたのだろうか。

　胸の奥がざわついて、足もとをすくわれるような不安に襲われる。さっきまで気持ちよく感じていた酔いが、急に嫌なものに変化してきた。

「敵同士でも、友情が芽生えることはある」

「本当にただの友情？」

　疑うような聞き方が神経に障った。ユウトは不快感を伝えるように、目を細めてロブを見返した。ロブは気にした様子もなく言葉を続けた。

「もしかして君とディックは、特別な関係だったんじゃないのか」

　ロブの言いたいことは薄々察していたので、驚きはしなかった。むしろ、だったらなんなんだという怒りのようなものが込み上げてくる。

「特別な関係ってどういう意味？　曖昧《あいまい》な聞き方じゃなく、はっきり言ってくれないか」

自分でも驚くほど冷ややかな声が出た。

「じゃあ、言い直そう。刑務所の中ではゲイでなくても代償的に男と性交渉を持ったり、時には強引に関係を迫られることがあると聞く。君とディックはもしかして、そういう――」

「まどろっこしい言い方だな。こう聞きたいんだろう? ディックと寝たのかって」

ロブは息を呑《の》み、瞳に挑戦的な色を浮かべるユウトを凝視した。

「俺はただ、君がディックをどう思っているのか――」

「君は本当に好奇心の塊なんだな」

湧き上がってくる苛立《いらだ》ちと怒りが、ユウトの口調を乱暴にする。けれどそれはロブに対しての憤りではなく、自分自身に向けられたものだった。傷痕を撫《な》でられたくらいで、感情的になっている自分が嫌なのに、口が勝手に動いてしまう。

「塀の中で囚人たちが、どんなふうに欲望を発散させているか知りたいのか? それもいいサンプルが手に入ったから、監房内における同性愛行為の実態でも研究するつもりか?」

「ユウト、俺はそんなつもりで――」

「そんなに聞きたいなら教えてやる。俺はあの刑務所にいた時、男とやったよ。最初の相手は黒人ギャングのBBだ。あいつは俺に目をつけ、周囲に自分の女にしてやるって豪語してた」

酔いの力も手伝って、自虐的な気分が高まってくる。ユウトは自分に刃を突き立てるような気持ちで言葉を続けた。

「俺はシャワー室で数人の男に無理やり押さえつけられ、後ろからBBにファックされたんだ。みっともなく気絶して医務室に運ばれたよ。意識のない状態で、スペンサーに犯人の精液が残っていないか、直腸内を検査された。そんな……そんな屈辱を味わった後で、俺はディックとも寝たんだ」

自虐的衝動は止まらなかった。自分で自分の心をズタズタに切り刻んでいくことに、歪《ゆが》んだ満足感さえ味わっている。

「ユウト、もういいから――」

「でもその時は自分から彼を誘った。女みたいに抱いてくれって、膝の上に跨《またが》ってディックにせがんだよ。彼としたくてたまらなかった。男にレイプされたっていうのに、俺は彼と寝たいと思ったんだ。俺は……、俺はそういう男なんだ……っ」

ユウトは暴走する自分を抑え込むように、右手で口を塞《ふさ》いだ。けれどその手が痙攣《けいれん》するように震えている。

ロブの目には、痛ましいものを見るような同情の色が浮かんでいた。ユウトは激しく後悔した。過剰に反応してしまったのは、ロブに腹を立てたからではない。自分はまだ刑務所での体験を、ありのままに受けとめきれないでいる。今頃になって、そのことにはっきりと気づかされてしまった。

ディックとセックスしたこと自体は、まったく後悔していないのだ。あの時のふたりにとって、必要なものだったと信じている。けれどディックとセックスしたという事実を思い出すたび、レイプされた現実も一緒になって浮かび上がってくる。あの対照的な二度のセックスはまったく別のものなのに、表裏一体となってユウトの中で絡み合っていた。

「ごめん、ロブ……」

「いいよ。気にしないでくれ。俺が無神経だった。君が怒るのも無理はない」

ロブの優しさが胸に痛い。いっそ軽蔑《けいべつ》の目で見られたほうが楽だった。

「……君に怒ったんじゃないんだ。俺はただ自分を許せなくて……自分が嫌で……」

ユウトがうなだれていると、ロブが立ち上がって隣にやってきた。そっと肩に回した手で、慰めるように背中をさすられる。ロブの優しい手つきに、ユウトの緊張も解けていく。

「辛《つら》い経験をしたんだね。俺でよければ、なんでも聞くよ。吐き出したほうが楽になる」

ユウトは思わず縋《すが》るように、ロブの肩に額を押し当てた。

「ユウト。君は苦しい時でも誰かに頼ったりしないで、すべてひとりで解決しようとするタイプだろう？　そういう人間は何もかも自分の内側にため込んでしまうから、過去の出来事をいつまでも消化できないんだ」

「……だけど、誰にも言いたくないことってあるだろう？」

「だったら自分自身に言ってあげるといい。とても辛かったね、苦しかったねって。自分を可哀相に思ってもいいんだよ。惨めだと感じる必要なんてない。過去の自分を慰めてあげられるのは、今の自分だけなんだから」

そうなのかな、と呟《つぶや》くと、ロブは「そうだよ」とユウトの肩を抱き寄せた。

「ロブ……」

「ん？」

「嫌な経験といい経験を一度に味わった時は、どうすればいいんだろう。ふたつの経験を切り離して考えられないんだ。いいことだけ心に残しておきたいのに、必ず嫌なほうも思い出してしまう。そうすると、いい経験まで辛く思えてくるんだ」

「そうだな。そういう時はよかった経験と同じことを、何度も重複してまた経験するといいかもしれない。繰り返していくうち、悪いほうは段々と思い出さなくなる」

ユウトは泣き笑いのような表情を浮かべ、小さく頭を振った。

「それはできない。無理なんだ」

「……嫌なら答えなくていいけど、君の嫌な経験はレイプされたことで、いい経験はディックと寝たこと？」

ユウトは小さく頷《うなず》いた。自分から赤裸々に告白したのだ。今さら隠してもしょうがない。

「クラブで話してくれた、ゲイじゃないのに男と寝た彼って、君自身のことだったんだね。ディックのことがそんなに好きだったのか？」

「ああ。そうでなけりゃ、男と寝たりなんかしない。俺は彼に出会うまでは、ずっと自分のことをヘテロセクシャルだと信じて生きてきたんだから」

「もしかして、FBIになったのは彼を捜したくて？」

「……もう一度、会いたいと願ってる。ディックの存在を過去のものにしたくないんだ。もちろん、それだけのために捜査してるわけじゃない。でも俺にとって、コルブスを追うこととディックを捜すことは、最初からイコールなんだ。コインの裏表のように繋《つな》がっている」

「ゲイじゃないのに、どうしてディックにだけそんな気持ちになったんだい」

ロブの落ち着いた声と温かな体温が心地よかった。ロブになら何もかも話せそうな気がした。ユウトはロブに問われるままにディックとの出会いや、嫌な奴だと思いながらも次第に気にかかる存在に変化していった経緯を、ぽつりぽつりと語り続けた。

ディックの孤独な生い立ちを知って同情したこと。不意に与えられる優しさがとても嬉しかったこと。彼の温《ぬく》もりに深く満たされたこと。

ひと通り聞き終えると、ロブは「気に障ったらごめんよ」と前置きして、自分の率直な感想を漏らした。

「君がディックに強い好感を持っていたのは事実だと思う。でもそれは本当に恋愛感情だったのかな？　君は冤罪《えんざい》で投獄されるという大きな精神的ダメージを受け、さらにコルブスの件でも強いプレッシャーを感じていた。そんな状態で暴力とレイプが横行する異様な世界に放り込まれ、自覚はなくても相当追いつめられていたはずだ」

「……それが俺の恋愛感情と、どう関係しているんだ」

「吊《つ》り橋理論って知ってる？　一般的には吊り橋効果とも言われてる。揺れる吊り橋の上で出会った男女は、普通の橋の上で出会った男女より恋に落ちやすいっていう学説なんだけど、つまり状況や環境のせいで心身が興奮しているのに、脳はそれを目の前にいる相手が起こさせていると錯覚するんだ。『スピード』って映画の中でヒロインが、異常な状況下で結ばれたカップルは長続きしないって言われるけど、あれもそれと同じ理論さ」

ユウトは戸惑いながらロブの顔を見上げた。

「つまり、俺の気持ちは勘違いだと？」

「精神的に不安定な状態で優しくされると相手に依存したくなるし、異性がいない場所では同性への疑似恋愛現象も起こりやすくなる。君のディックへの感情が、一過性のものだという可能性は否定できないだろう。環境や状況にあおられて彼とセックスしてしまっただけで、本当は友情かもしれない。……君がゲイならこんなことは言わないよ。でも勘違いなら早く目を覚ましたほうがいいと思ってね。錯覚したままだと苦しみが長引くだけだ」

ロブの言葉を聞いていると、段々自分の気持ちがわからなくなってくる。

あれは特殊な状況が生み出した錯覚の恋だったのか？　もしも何もトラブルが起きず、気の合う仲間として普通に生活していただけなら、これほどまでにディックに気持ちを奪われることはなかったのか？

ユウトは頭を振って、考えることをやめた。いくら自分に問いかけても答えなど出ない。この世の中で、自分の心ほど不可解なものはないのだから。

「ロブは俺を混乱させる。クラブでは恋愛なんてシンプルなものだって言ったくせに、今は錯覚じゃないのかと言ったり。……わけがわからないよ」

ロブは楽しげに微笑《ほほえ》み、「まったくだ」とユウトの膝を叩いた。

「俺も矛盾してると思う。きっとクラブでは他人事《ひとごと》だから適当に答えて、今は君にディックを諦《あきら》めさせたくて、もっともらしいことを言ってるのかもね。下心のある男の助言は、適当に聞き流したほうがいい」

ユウトは思わず噴きだした。

「無茶苦茶だな。それに個人的下心は封印しておくんじゃなかったのか?」

「俺は意志が弱いんだ」

開き直るなよ、とユウトは苦笑した。ロブはソファの背もたれに片腕を載せ、急に真面目な顔つきになった。

「なんだかディックの気持ちがわかる気がするよ。敵だと思っていても、君のこと放っておけなかったんだろうな」

「俺が頼りなく見えるって言いたいのか?」

「そうは言ってないよ。だけど君のある部分は、男の庇護欲《ひごよく》をかなり刺激する」

ロブが薄い笑みを浮かべたまま、妙に色っぽい目つきでユウトを見つめてきた。普段、健康的な笑い方しかしないくせに、こういう場面でだけ色気を発散させるのはどうかと思う。

「さっきの続きだけど。自分がゲイかどうか知りたいなら、手っ取り早い方法がある」

「……どんな？」

幾分警戒しながらロブを振り返る。

「ディック以外の男と寝てみればいいんだ。彼以外の男とのセックスが十分楽しめるようなら、ゲイである可能性は高くなる」

これまた本気か冗談かわからない意見だった。

「悪いけど、試しに男とセックスできるほどさばけてないんだ」

「じゃあ、キスだけでもどう？　男と深いキスをして嫌悪感や不快感がないなら、それだけでも自分のセクシャリティを考える上で、いいヒントになると思うけど」

「キスだけといっても、一体誰と試せっていうんだよ」

「俺と」

予想していた答えなので、もう驚きもしない。

「ロブ。俺を口説《くど》かないでくれって言っただろう？」

「そこまで深刻な話じゃないと思うけど。たかがキスだよ？　……もしかして怖いの？　俺とキスして理性を保てる自信がないのかな」

ああ言えばこう言う。もう怒る気もしないし、呆れることさえ面倒になってくる。

「ユウトはぜひ俺とキスしてみるといい。嫌だと思ったら、俺を突き飛ばせばいい。でももし、うっとりして最高の気分になれたら、君はゲイの可能性が高い」

「乱暴な結論だ。……そんなに俺とキスがしたいのか？」

ユウトは笑ってソファの背もたれに頭を預けた。ロブも笑って「したいな」と頷く。

「俺とキスしたら何かが変わるかもしれないよ。段々と意識するようになって、そのうちディックより、俺のことが気になってくるかもしれない」

「君って楽天家の上に相当な自信家だな。悪いけど、キスしたくらいで君に惚《ほ》れたりしないよ」

「してみないとわからないじゃないか。ディックのこと、忘れられるチャンスだぞ」

「そんな簡単に忘れられるなら苦労はしない」

ロブの手が頬《ほお》を撫でてきた。

「だから、それを試すんだよ。ね、俺とキスしてみよう？」

囁《ささや》きながら、ロブが顔を近づけてくる。不思議と嫌な気がしないのは、自分がゲイだからなのか、それともロブに好意を持っているからなのか――。

わからないが、ディック以外の男とキスして自分がどう感じるのか、知ってみたい好奇心が芽生えてきた。ロブの戯《ざ》れ言《ごと》に感化されてしまったようだ。

「いつもそうやって相手を言いくるめて、自分のペースに持っていくんだ？」

「まさか。こんなややこしい方法でキスを迫ったのは、君が初めてだよ」

吐息が触れそうな距離で囁き合う。甘い雰囲気そのものは悪くなかった。

ロブとキスをする。それで何かわかることがあるのだろうか。

「……せっかくだから、君も楽しんで。キスは嫌いじゃないだろう？」

低い声に胸の奥がざわめいた。優しい瞳で見つめられていると、妙な気分になってくる。

ロブはすぐに本格的なキスは仕掛けてこないで、唇でユウトの頰や顎《あご》を愛撫《あいぶ》した。柔らかな感触と吐息がくすぐったい。

ユウトが目を閉じて我慢していると、ロブがやっと唇を重ねてきた。何度もついばむように、唇を甘嚙《あまが》みされる。はっきりとした嫌悪感は湧いてこなかった。

薄く開いた唇の間に舌が入り込んできた。咄嗟《とっさ》にきつく唇を引き結びそうになったが、拒絶してはキスにならない。ユウトは必死で自分に言い聞かせ、ロブの侵入をどうにか許した。

口腔に入ってきたロブの舌が、ユウトのそれに絡みついてくる。濡《ぬ》れた舌同士が触れ合う独特の感触に、ユウトの身体は自然と熱くなった。

思わずロブの胸を押そうとしたが、ロブの身体はびくともしない。顔を背けようにも、両手で額と頰を挟まれ逃げられなかった。

「……ふぅ……ん……」

勝手にくぐもった声が漏れる。ロブとのキスに感じてしまっている自分を知り、ユウトは羞《しゅう》恥《ち》に身体を強ばらせた。

ロブがいったんキスをやめ、ユウトの耳朶《じだ》に唇を寄せた。

「ユウト。少しの間、楽しむのは悪いことじゃない。もっとリラックスして……」

息を乱しながら、ユウトは首を振った。

「もう終わりにしてくれ」

「駄目だ。もう少し。俺はまだ満足してないよ」

再びキスされる。今度はさっきよりも、もっと深くて濃厚だった。音がするほど唇を舐《な》められ、痛いほど舌を吸われる。口腔全部を占領され、まるでセックスの最中のように官能的な気分になってしまう。自分を押し止めても自然と唇が動き、ロブを受け入れていた。

頭の隅で「流されるなよ」と警告を発したが、たくみなキスに身体が溺《おぼ》れていく。もっとこの甘い快感を味わいたいと望んでいる。

――ディックでなくてもいいのか？　他の男とでも楽しめるのか？

自分自身に落胆しかけたが、ユウトはそうじゃないだろうと自分を叱《しか》りとばした。その気になれば、快感は誰とでも分かち合えるのだ。欲望を満足させるだけなら、相手は誰でもいい。

だけど心を満たしてくれる相手はディックしかいない。自分の心が求める相手はディックだけなのだ。

「ロブ、もういい。俺は――」

「このまま、もっと先に進んでみる？」

ロブがユウトの首筋にキスしながら誘ってきた。

「俺とセックスも試してみればいい。サイズには自信がある」

大学教授とは思えない下品なジョークに、一気に気持ちが冷める。ユウトはロブを押しやって立ち上がった。

「……ユウト？」

「ありがとう、ロブ。おかげで自分の気持ちがよくわかったよ」

7

助手席に座るロブが、「ふわぁ」と大きな欠伸《あくび》をした。ユウトはハンドルを握りながら、ロブの眠そうな顔を横目でチラッと見た。

「無理してついてこなくてもよかったのに」

ユウトの冷たい言葉と声に、ロブが嫌そうな表情を浮かべる。

「昨日のこと、まだ怒ってるのか?」

「へえ。怒らせるようなことをした自覚があるんだ」

「あんなの他愛のないジョークじゃないか」

ユウトは顔を前に向けたまま、「最悪だよ」と言い返した。

「自分のサイズを自慢して相手をベッドに誘う男なんて」

「でも、キスはよかっただろう?」

ニッコリ笑うロブに、ユウトは「そうだな」と冷たい声で返事をした。

「だけど、もうしない。君のことは好きだけど、それは恋愛感情じゃないからね」

「答えを出すのはまだ早いよ。俺はできれば君とセックスしてみたいな。ディックと対等の立場になってから、あらためて君にどっちがいいか聞いてみたい」

「その自信はどこから来るんだ。——くそ、この馬鹿！」

ロブに言ったのではない。前を走っていた赤いピックアップトラックが急にブレーキを踏んだのだ。前方はがら空きなのに、スピードを落としたまま元に戻そうとしない。

「何やってんだ、こいつ」

「脇見だよ。ほら、向こうの車線でパトカーが違反者を捕まえてる」

「そんなに見たいなら、路肩に止まれっ」

ユウトはクラクションを鳴らし、アクセルを思いきり踏み込んでピックアップを追い越した。そのままユウトの運転するカムリはスピードを上げ、パサデナ・フリーウェイから五号線へと繋がる分岐線に滑り込んだ。五号線に入って南下すればイーストＬＡの西側に出る。

「ユウト、このあたりはパトカーが多いから、スピードには気をつけて」

「犯人を追跡中だって言えば見逃してもらえる」

「まったく。そんなだからＦＢＩは嫌われるんだ」

「俺も嫌いだから気にしない」

朝からふたりはずっとこんな調子だった。一見、険悪に見えるがどちらも本気ではなく、ユウトの気まずい気持ちを察し、照れ隠しにロブがつき合っているにすぎない。調子を合わせてくれるロブに、ユウトは内心では感謝していた。

「ところでリベラって男はどんなタイプ？　プリズンギャングのボスってことは、相当強面《こわもて》なんだろうな」

「迫力はあるけど、無駄に凄《すご》んだり偉ぶったりしないよ。ネトはすごくいい男だ」

過去に大きなストリートギャングを率いていたネトなら、ネイサンと取引をしていたチカーノギャング、アラ・ロージャについて何か知っているかもしれない。そう考えたユウトは、シエルガー刑務所でガスリーからネトの住所を聞き出しておいたのだ。

ロス市警にも情報を求めたが、アラ・ロージャは去年起きたギャング同士の抗争で壊滅状態に追い込まれ、今は警察の監視下を離れている。そのため幹部たちの現在の居場所は掴めていないらしい。

「でも、いくらいい男でも君がＦＢＩだって知ったら、態度が変わるんじゃないのか」

「……それは俺にもわからない」

一抹の不安はあった。いくら友情に篤《あつ》いネトでも、相手が警察関係者となると態度が硬化するかもしれない。だから追い返されても仕方がないという心構えだけは持っていた。

車は五号線を降りて、チカーノの街であるボイルハイツを走り始めた。セサール・チャベス通りを東に向かって走っていると、派手な壁画が多く見られる。鮮やかな色彩のグラフィティ・アートは単なる落書きではなく、時に強いメッセージを内包する立派なチカーノ文化だ。

「この辺はメキシコそのものだな。スペイン語の看板しかない」

今のＬＡ人口の約半分はヒスパニック系だから、スペイン語自体は珍しくもない。運転免許の試験はスペイン語でも受けられるし、カスタマーサービスに電話をすれば、まず英語かスペイン語かを選ぶ音声案内が流れてくるほどだ。だが多くの白人は用がなければ、治安のよくないイーストＬＡやサウスセントラルにわざわざ足を運ぶことはない。ロブのような人間には物珍しい光景なのだろう。

近くまで来たので、ふたりは路上に車を停めて歩き始めた。

「このアパートメントかな？」

ロブが古びたアパートメントを見上げる。ユウトはすぐ隣にパン屋があることに気づき、店内に入った。チカーノの中年女性はユウトのメモを見て、うちの隣で間違いないと答えた。

礼を述べてパン屋のガラス戸を押した時、ロブの後ろを歩いていく背の高い男が目にとまった。黒いベースボールキャップを被り、ジーンズとオリーブ色のミリタリージャケットを着た男は、ユウトに背を向けた格好で大通りに向かって歩いていく。

ユウトの視線は、男の広い背中に釘付《くぎづ》けになった。

——似てる。ディックの後ろ姿に。

「ユウト、ここで合ってるって？」

ロブの声に我に返り、ユウトは「ああ」と頷いた。

「ここだ。間違いない」

アパートメントのポーチを上がりながら、ユウトは気のせいだと自分に言い聞かせた。雰囲気はよく似ていたが、さっきの男の髪は濃い茶色だった。第一、こんなところにディックがいるはずはない。

ネトの部屋は階段を上がってすぐの場所にあった。ノックするとドアが少しだけ開いて、口ひげを生やした若いチカーノが顔を覗《のぞ》かせた。

スペイン語でなんの用だと聞かれたので、ユウトもスペイン語でリベラに会いたいと答えた。

「約束はしているのか?」

若い男の目つきは鋭かった。警戒を露わにした態度に不穏なものを感じる。

「いや、約束していない。でも知り合いなんだ。ユウトが来たって伝えてくれないか」

「駄目だ。約束のない者はリベラに会えない。帰れ」

男がドアを閉めようとした時、中から別の男の声がした。

「ぺぺ。誰だって?」

ネトの声だった。ユウトは咄嗟に声を上げた。

「ネト、俺だ。ユウトだっ」

「……ユウト?」

ドアと壁の間から驚いたネトの顔が見えた。若い男はネトに何か耳打ちされ、ドアチェーンを外した。ドアが大きく開き、やっとユウトはネトと真正面から対面できた。

　しかし次の瞬間、ネトの口から思いがけない言葉が飛び出した。

「ディックなら、もう帰ったぞ」

「え……？」

　ユウトが瞠目《どうもく》すると、ネトは自分の思い違いに気づいたのか、戸惑った表情を浮かべた。

「あいつを追ってきたんじゃなかったのか？」

　考えるより先に身体が動いていた。

「ユウトっ？」

　ロブの声を背に受け、階段を勢いよく駆け下りて表に飛び出した。

　さっき見たのはディックだったのだ。見間違いではなかった。あの肩。あの背中。やっぱりディックその人だった。

　そのままの勢いで大通りまで走っていき、ユウトは何度も左右を見た。歩道を歩く人ごみの中に、ディックらしき人物はいない。

　いちかばちかでユウトは右手に向かって走りだした。祈るような気持ちで、せわしなくあたりに視線を走らせる。かなり先まで進んだが、ディックの姿は見当たらなかった。

　仕方なくもとの場所まで戻ろうと思ったその時、人波の向こうに黒いベースボールキャップが見えた。

　ユウトは通行人を押し分けるようにして必死で走った。背後から罵声《ばせい》が飛んでも、気にしていられない。

男の姿がどんどん近づいてくる。ミリタリージャケットを着ている。さっき見たのと同じだ。

「ディック……っ！」

待ってくれ。そこから動かないでくれ。そう祈るように名前を叫んだ。

男が振り返った。帽子を目深に被り、黒いサングラスをかけているので、顔立ちまではっきりとわからない。

だけど間違いない。あれはディックだ。ディック・バーンフォードだ。

「ディック、待って――」

再び叫ぼうとした瞬間、男が足早に歩き始めた。ユウトから逃げるように遠のいていく。ユウトは慌ててまた走りだしたが、いつの間にか男の姿を見失っていた。途中で横通りに入ったのかもしれないと、路地も捜したがいない。どれだけ走ってもいない。

ユウトは途方に暮れて足を止めた。荒い息を吐きながら呆然《ぼうぜん》と立ち尽くしているユウトに、行き交う人たちが胡乱《うろん》な目を向けて通り過ぎていく。

すぐそこにディックがいたのに。後ろ姿をこの目で見たのに、間に合わなかった……。

だが何よりショックだったのは、ディックが逃げたことだ。ユウトの姿を認めたはずなのに、ディックは走り去っていった。

脱力してしゃがみ込みたくなったがどうにか持ちこたえ、ユウトはゆっくりとした足取りで来た道を戻り始めた。一歩一歩が重く、足が地面に吸い込まれそうになる。

部屋まで戻ってドアをノックすると、さっきの若い男が顔を出し、ユウトを招き入れた。

室内に入るとロブは椅子に座っていたが、表情がやけに硬かった。よく見ればそばに別の男が立っていて、ロブに拳銃を突きつけている。

ユウトはスペイン語で鋭く言い放った。

「その物騒なものをどけろっ」

男はユウトの言葉を無視して微動だにしない。ネトは何も言わず、テーブルの向こうに座っていた。

「ネト、やめさせてくれ。彼は俺の友人だ。怪しい人間じゃない」

「証明できるのか?」

「俺の友人だって言ってるだろう。それだけじゃ、信用してくれないのか?」

「お前のことは信用しているが、俺はこの男を知らない」

ネトの用心深さに溜《た》め息《いき》をつき、ユウトはロブに話しかけた。

「ロブ。何か身分を証明できるものは持ってるか?」

「ああ。運転免許証と大学の職員証が胸ポケットに入ってる」

ロブが手を懐に入れようとしたら、ネトが鋭い声で「動くな」と制した。

「ぺぺ。お前がやれ」

ぺぺという男がロブの胸元に手を差し込み、二つ折りのパスケースを取りだした。ぺぺからそれを受け取ったネトは、ロブの素性に怪しい部分はないと判断したのか、ふたりの手下に隣の部屋に行くよう命じた。

ネトは立ち上がってロブにパスケースを返し、ユウトに近づいてきた。

「悪かったな、ユウト。お前の友達に無礼な真似をして」

「いいんだ。……俺こそいきなり来てすまなかった」

ユウトは力なく微笑み、ネトの顔を見上げた。憐憫《れんびん》を感じさせる瞳がそこにあった。

「会えなかったみたいだな」

「ディックの連絡先を知ってる？」

「いや。あいつは何も言わなかった。……そんな顔をするな。久しぶりの再会なのに」

心に沁《し》みるような優しい声で慰められ、たまらなくなった。歯を食いしばって、あふれそうになるものをこらえる。

無理するなというように、ネトがユウトの頭を自分の胸に抱き込んだ。

「ディックにならいつかまた会える」

「ネト……」

何度も深く呼吸して、ユウトは気持ちを落ち着かせた。

「――出所おめでとう。元気そうで安心したよ」

もう大丈夫であることを伝えるように、顔を上げてネトの胸を軽く叩いた。

「ああ。俺もお前にまた会えて嬉しいぞ」

「あらためて紹介するよ。彼はロブ・コナーズ。職業は大学教授だ」

「プロフェソルか。俺はエルネスト・リベラだ。ネトと呼んでくれ」

まだロブのことを完全には信用していない雰囲気はあったが、ネトはユウトの顔を立てて手を差し出した。ロブはネトと握手しながら、「よろしく」と微笑んだ。

「や、ホッとした。俺の人生は今日終わるのかと本気で覚悟したよ。驚かせたお詫《わ》びに、コーヒーくらい飲ませてくれてもいいんじゃないか?」

ロブの厚かましさにネトは眉をひそめたが、無言でふたりにカフェ・デ・オージャを淹《い》れてくれた。メキシコでよく飲まれる黒砂糖とシナモンを煮込んだコーヒーだ。甘い香りが沈んだ気持ちを和らげてくれる。

「トーニャは元気か?」

トーニャはシェルガー刑務所にいたネトの弟で、暴動の後、連邦刑務所に移送されてしまい、ネトと離ればなれになった。女装を好むゲイだが本物の女性顔負けの美貌《びぼう》と色気の持ち主で、おまけに面倒見もいいことから、トーニャ姐《ねえ》さんと呼ばれ皆から親しまれていた。

「この前、面会に行ってきた。連邦刑務所の売店はKマート並みの品揃えだと喜んでたぞ。あいつももうすぐ出所できる。出てきたら一緒に住むつもりだ」

「そう。よかったな。トーニャもその日を待ち望んでいるよ」

「しかし、俺の住所がよくわかったな」

思い出したように聞かれ、ユウトは「それは……」と口ごもった。いずれ話さなくてはいけないことだと意を決し、ネトにＦＢＩのＩＤカードを見せた。

「俺は今、ＦＢＩの捜査官なんだ」

ネトは眉根を寄せて、ユウトの顔写真つきのカードを見ている。険しい表情にユウトの胸は重苦しくなった。

「ムショから出てきたばかりなのに、俺はまた逮捕されるのか？」

「違う、そうじゃなくて――」

慌てて否定しようとしたが、ネトの目が笑っていることに気づいた。からかわれたのだ。

「まだ俺を友達だと思ってくれるだろうか」

「当たり前だ。立派な仕事じゃないか」

ネトの変わりない態度に安堵《あんど》していると、ロブが「気にならないのかい？」と口を挟んだ。

「君は刑務所の中でギャングのボスだったんだろう？　過去に相当な規模のストリートギャングを率いていたとも聞いている」

ネトは口を挟んできたロブを冷ややかに見据えた。

「刑務所では自衛のための組織は必要だ。そして組織は誰かがまとめなくてはいけない。シェルガー刑務所では、たまたま俺がその役に向いていたにすぎない。他は過去の話だ」

「だけど今も、その、なんて言うか……現役なんだよな?」

ロブの率直な質問にも、ネトは落ち着いた態度で「まあな」と頷いた。

「一応、組織の一員ではある。だが俺はムショに行く前に、自分からトップの座を降りた。今は若い奴らの相談役みたいなものだ」

「自分は隠居したつもりでも、仲間たちはまだ君をボスだと思っているんじゃないのか? 相談役にふたりも護衛がつくなんて変だよ」

ロブに疑わしい目つきで見られ、ネトは困ったような顔をユウトに向けた。

「このプロフェソルは俺に何か恨みでもあるのか?」

「ロブに悪気はないんだ。ただ好奇心の塊みたいな人でね。……ネト、聞いてもいいか。ディックはどうして君のところに?」

どうしても知りたくて尋ねたのだが、ネトの表情は硬かった。

「口止めされたのか?」

「ああ。誰にも言わないでくれと頼まれた。俺はあいつに大きな借りがある。だから相手がお前でも言えないんだ。すまないな」

ネトの義理堅さはよくわかっている。ユウトがどれだけ頼んでも、一度決めた自分の気持ちを変えることはないだろう。

「わかった。もう聞かないよ。でもひとつだけ。ディックは元気だった？」

「……ああ。元気だった」

妙な間があった。ユウトは探るようにネトの黒い瞳を見た。

「本当に？　変わったところはなかった？」

ネトが黙っているので余計に気になってしまい、ユウトはさらに言い募った。

「もしかして怪我《けが》でもしていたのか？」

「いや。そういうことじゃないんだが……。なんて言うか、ちょっとな」

いつも言葉に迷いのないネトが、珍しくいい表現が見つからないというふうに口ごもる。

「話し方や態度は以前と同じなんだが、俺には別人みたいに感じられたんだ」

「別人？　髪を染めて変装していたからじゃなく？」

「外見も多少変わっていたが、そういうことじゃない。雰囲気が違っていたんだ。ムショにいた時から他人を拒絶するような独特の空気を持つ男だったが、今日久しぶりに会ったら、それがもっと露骨になっていた。逃亡生活のせいかもな。追われていれば神経もピリピリする」

ユウトはそうではないと思った。自分が追われているからではなく、ディック自身が追う立場にいるからだ。殺したい相手のことだけ考えて暮らしていれば、自然と殺伐《さつばつ》とした空気を身にまとってしまうだろう。

ディックにとってコルブスを追うのは、仕事でも義務でもない。仲間と恋人を殺した憎い男をこの世から葬りたい、ただその一心で毎日を生きている。そんなディックの姿を想像すると胸が詰まった。

今の彼にとって殺意と憎悪だけが生きる糧《かて》なのだろうか。その目的を果たさない限り、心に平穏が訪れることはないのだろうか。

「ディックは脱獄してからずっとLAにいたのかな」

ネトもこれくらいならと判断したのか、「いや」と首を振った。

「ずっとLAを離れていたみたいだな。一時的に戻ってきてるだけで、用が済んだらすぐこっちを離れるようなことを言っていた」

警察の目もあるし、LAで動き回るのは危険なはずだ。なのにあえて戻ってきたということは、コルブスに関係する重要な何かがあったとしか思えない。

「このコーヒー美味《おい》しいね。お代わりもらえる?」

ロブは呑気《のんき》な態度でカップをかざした。ネトが「態度のでかいプロフェソルだ」としかめ面で立ち上がる。ユウトはここに来た目的を思い出し、キッチンに立つネトに話しかけた。

「ネト。アラ・ロージャってギャングを知らないか」

「アラ・ロージャ? ああ、サウスセントラルの奴らだな。一時はドラッグで荒稼ぎしていたと聞くが、抗争に負けて消えたんじゃないのか?」

「そうらしい。俺が知りたいのは、そいつらが派手にドラッグを売りさばいていた頃のことなんだ。アラ・ロージャに大量のコカインを卸していた男を捜してる。何か知らないか？」

ネトはロブに新しいコーヒーを渡すと、椅子に座って考え込むように顎を撫でた。

「俺は直接奴らを知らないから、役に立てそうにないな。――だがチェンテに聞けば何かわかるかもしれん」

「チェンテ？　それは誰だ」

「お前も知ってるだろう。アロンソーだよ。ビセンテ・アロンソー」

「ああ、ロコ・エルマノの。……そういえば、シェルガー刑務所でマシューと会った。アロンソーがよくしてくれるって言ってたよ。彼に頼んでくれたんだろう？　ありがとう」

「たいしたことじゃない」

「ところでそのアロンソーは、アラ・ロージャとどういう関係なんだ？」

「チェンテは関係ないが、奴の従兄弟《いとこ》がアラ・ロージャの一員だった。今は堅気になって確かサンディエゴに住んでるはずだ。そいつでよければチェンテを通して話を聞いておこう」

「頼むよ。どんな小さなことでもいいから、コカイン売買に関わっていた相手や組織のこと、聞き出して欲しい」

「わかった。……連絡はどこにすればいい？」

ユウトは自分の携帯電話の番号と一緒に、ロブの家の住所と電話番号も伝えた。

「ロブの家に居候させてもらっているんだ」

ユウトが説明すると、ロブはにこやかな顔をネトに向けた。

「今度うちで食事でもどうだい？　君の貴重な体験談をぜひ聞かせてくれないか。ものすごく興味があるんだ。地図を書くから、ぜひ来てくれ。ね？」

ネトの返事も聞かずに、ロブが鼻歌混じりにペンを動かし始める。

「お前の友人は変わった男だな」

「俺もそう思う」

ユウトとロブはネトの部屋を出て、自分たちの車に戻った。ユウトが助手席のドアを閉めた時、背広の内側で携帯が鳴った。相手を確認しようと表示を見たが、画面に現れていたのは000から始まる奇妙な番号だった。

「……もしもし？」

訝《いぶか》しく思いながら携帯を耳に当てると、相手が声を発した。

「ユウト？」

全身に緊張が走った。まさかという思いに鼓動まで速くなる。

「ユウトなんだろ？　何か言ってくれよ」

親しい友人に話しかけるような声。頭の中でよく知っているあの顔が浮かぶ。

「ネイサン。——いや、今はコルブスか。久しぶりだな」

ユウトの発した言葉に運転席のロブが表情を変えた。

「その名前は好きじゃないんだ。前みたいにネイサンと呼んでくれ」

「できない。君は本当のネイサンじゃないからな。……どうしてこの番号を？」

「そんなことはどうだっていいじゃないか。それより、出所おめでとう。無実が証明されて本当によかった。自分のことのように嬉しいよ」

柔らかな語り口と優しい声は以前と何ひとつ変わらないが、本性を知った後ではそのすべてが不気味に感じられる。

「俺は無実だったが君は違う。冤罪だなんて言ったが、ネイサンの母親を殺したのは君だろう？」

「もう忘れたな。どうでもいい相手のことまで、いつまでも覚えてはいられない」

人ひとりを殺しておいて忘れたと言うのか。冗談だとしても怒りが込み上げてくる。

「じゃあ本物のネイサンは？　彼は君にとってどういう相手だった？」

電話の向こうでコルブスの笑う気配がした。

「彼も同じだ。特別な感情はまったくない。都合のいい存在だったから利用しただけだ。でも彼の死は無駄死にじゃない。ちゃんと俺の役に立てたんだから」

やはりネイサンは死んでいた。予想していたこととはいえ、コルブス本人の口から真実を聞かされると、言いようのない憤りが湧いてくる。

「ユウト。ネイサンがどこにいるのか、知りたくないか？」

ユウトは携帯を強く握りながら、押し殺した声で「知りたいな」と答えた。

「彼の死体をどこに隠した？」

「モントレーパークにあるガブリエラ墓地に行ってごらん。彼の墓がある。俺が手厚く葬ってあげた。君の出所祝いにプレゼントも用意してある。喜んでもらえることを祈ってるよ」

一方的に電話は切れた。舌打ちして耳から携帯を離すと、ロブが勢い込んで尋ねてきた。

「コルブスはなんだって？　どうして君に電話してきたんだ」

「……ロブ、この番号ってもしかしてスカイプだろうか」

携帯に残った着信番号を見せると、ロブは「そうだ」と頷いた。

「その番号はスカイプのダミー番号だ。奴はスカイプアウトでかけてきたのか」

スカイプはユーザー同士なら世界中どこでも無料で電話ができる、パソコンとインターネットを利用したソフトウェアＩＰ電話だ。スカイプアウトという機能を使えば、普通の固定電話や携帯にも電話をかけることができる。

「考えたな。スカイプは逆探知が困難だし、この番号からだとユーザーを特定できない」

「スカイプ本社に問い合わせれば、発信者の情報がわかるだろう？」

「通話料はクレジット決済だから、偽造カードを使われていたら無理だ」

電話からはコルブスの居場所は特定できないというわけだ。ユウトは歯嚙みしたい思いでシートベルトを締めた。

「コルブスは本物のネイサンの墓が、モントレーパークのガブリエラ墓地にあると言った。そこに何か置いてきたようなことも」

「よし、すぐ行こう」

ロブはハンドブレーキを下ろすと、アクセルを踏み込んだ。

8

「なんだってネイサン・クラークの死体がこんなところに?」

「わからない。でもネイサンを殺したと思われる男が言ったんだ。信憑性《しんぴょうせい》の高い情報だから、どうしても確認したい」

ユウトの説明を聞いてもパコの表情は険しかった。ふたりの視線の先ではLAPDのロゴ入りジャケットを着たロス市警の警官たちが、手にスコップを持って土を掘り返している。

ユウトから連絡を受けたパコは上司に掛け合って、すぐさま十数人態勢のチームで現場に急行してくれたのだ。

「パコ。忙しいのに急に悪かったな」

ユウトが謝罪すると、パコはようやく表情を和らげた。

「何謝ってるんだ。本当に死体があるなら大事だ。……ひとつだけ気に入らないのは、FBIの連中がここにいることだよ。奴ら偉そうに指示を出すだけで、手伝う気もないらしいな」

パコの言う通りFBIの捜査官たちは、ロス市警の警官たちの作業を見ているだけで何もしない。そのくせ口だけはしっかり挟むので、パコの機嫌が悪いのだ。

ガブリエラ墓地に到着したユウトたちは広い墓地の中を走り回り、どうにかネイサンの名前が刻まれた墓石を見つけだした。生年が一致している上、没年は今から二年前。しかも石碑には「彼は生まれ変わって生き続ける」という皮肉な墓碑銘まで刻まれていた。

間違いないと判断したユウトは、ロス市警に応援を頼むのと同時に、DCにいるハイデンにも連絡を入れた。ハイデンの指示でロス支局のFBIも駆けつけてきたのだ。

「墓地の所有者を管理会社に調べさせたんだが、該当の人物はそんな墓地を買った覚えはないと言ってるそうだ」

パコの言葉にロブが反応した。

「勝手に名前を使われたのかな。だったら死亡証明書や埋葬許可書も偽造だろう」

一緒に来ていたマイクが、パコの隣で理解できないというふうに首を振る。

「なんだってそんな面倒なことするんだ？　死体が邪魔なら海でも山でも捨てればいいのに」

「さあね。犯人のせめてもの思いやりかも」

「わけわかんねぇ。……お、ボールトが見えた」

土の下からボールトと呼ばれる棺を入れるケースが出てきた。棺に土や水が入らないように造られたものだ。ボールトの蓋《ふた》が開けられ、ようやく棺が現れた。警官たちが棺にしっかりロープをかけ、クレーン車を使ってゆっくりと運び出す。

棺が芝生の上に下ろされると、その場にいた全員が集まってきた。

「ああ、嫌だ。今日は肉が食えねぇぜ」

マイクが十字を切りながら呟《つぶや》いた。ユウトも今から無惨な死体を見るのだと思うと気が重い。普通なら葬儀の前にエンバーミング（遺体腐敗防止処理）が施されるが、ネイサンの場合はそのまま埋葬された可能性が高い。死後二年も経過していれば、すでに白骨化しているだろう。

「パコ、開けるぞ」

作業を担当する警官たちが棺の蓋に手をかける。パコが手を上げると蓋が外され、棺の中が見えた。

「うわっ！」

「ひぃ……っ」

蓋を持っていた警官たちが、腰を抜かしたように尻から倒れ込んだ。驚愕《きょうがく》したのは彼らだけではない。ユウトも思わず叫びそうになった。

この場にいるほとんどの男たちは死体を見慣れている。現れたのが腐敗したり白骨化した死体なら、これほど驚きはしなかっただろう。

だがそこに横たわっていたのは、予想とまったく違うものだったのだ。棺の中に横たわる男は、あまりにも奇異すぎた。恐らく、そこに居合わせた全員が思ったはずだ。

――これは死体ではない。

「お、おい、こいつ生きてるんじゃないのか？」

マイクが不気味そうに棺の中を覗《のぞ》き込む。まさに全員の気持ちを代弁する言葉だった。なぜならそこにいる本物のネイサンは、しっかりと目を開けていたからだ。頰《ほお》にも赤みが差していて、今にもむくりと起きあがりそうな印象を受ける。

棺に収まったまま、微笑《ほほえ》むような顔で空を見上げている死体。悪夢を見ているようだ。

「マジ息してねぇか、確かめろって」

「死んでるよ。どう見たって死体だ。額に弾傷があるじゃないか」

ロブが言うと、マイクは強ばった顔で「けどよぉ」と唇を変な具合に曲げた。

「たまにいるだろ。仮死状態で埋葬されて、後から生きかえる奴。こいつの目はきれいだぞ。こんな死体、見たことないって」

「ちょっと失礼」

マイクを押しのけたロブは、自分のハンカチを手に巻きつけてから、ネイサンの瞼《まぶた》を弄《いじ》って検分した。

「これは義眼だな。……馬鹿丁寧なエンバームだが、悪趣味極まりない。瞼の落ち込みを防ぐだけなら、普通のアイキャップを目に入れればいいだけなのに。これじゃあまるで、死んでも尚、安らかに眠ることを許されていないようだ」

憤然とした口調で言うと、ロブはハンカチをネイサンの顔にそっとかけた。その後、ビニールシートに入れられたネイサンの遺体は、ＦＢＩの指示で搬送車へと運ばれていった。

「なあ、先生よ。死体をあれほどきれいに保存できるものなのか?」

マイクの質問に、ロブはあっさり「ああ」と答えた。

「保存状態にもよるが、普通のエンバーミングでも数年は保てる。完璧《かんぺき》な処置をすれば三十年から五十年はあのままだったろうね」

「あれも犯人の思いやりかよ」

マイクがぼやくと、ロブは吐き捨てるような口調で言った。

「いいや。死者への冒瀆《ぼうとく》だ。死体で遊んでいるとしか思えない。一番目立つ額の傷だけあえて修復していないのが、そのいい証拠だ」

一瞬で死体遺棄現場と化した墓地は、あちこちに立ち入り禁止のテープが張られ、慌ただしい雰囲気に包まれた。ユウトはロブを少し離れた場所へと誘った。

「ネイサンの服装を見たか? 君がインタビューした時と同じものだった」

「ああ。俺も気づいた。ネイサンは俺と会ったすぐ後で殺されたのかもしれないな」

ユウトの携帯が鳴った。着信にはまた0から始まるあの番号が表示されている。

「コルブスからか?」

多分、と答え、ユウトは電話に出た。

「やあ、ユウト。本物のネイサンとはもう対面できたかい?」

パーティを楽しんでいるかい、とでも言うような明るい声でコルブスは尋ねてきた。

「……ネイサンをわざわざ墓地に埋めた理由を教えてくれ」

「木の葉を隠すなら森の中って言うじゃないか。墓地なら死体があっても変じゃない」

「だったらなぜ今になって俺に教えたんだ」

「もうネイサンでいる必要がなくなったからだよ。あと、君に手柄を立てさせてあげようと思って。成果が上げられない捜査官は、肩身が狭いものだろうし」

自分がＦＢＩに入ったことを、なぜコルブスが知っているのか、ユウトは疑問に思った。

「それから君へのプレゼントもあると言ったよね。どこかに赤い薔薇《ばら》の花束が置かれた墓があるはずだ。探してごらん。……おっと、その前に耳を澄ませて」

何かを押したような、カチッという音が聞こえた。

「聞こえたかい？　今のは起爆スイッチを押した音だ。一分後に花束に仕掛けられた爆弾が爆発する」

耳を疑いたくなる言葉にユウトは愕然とした。コルブスが低く笑った。

「そばに誰もいないかい？　あと五十秒だよ」

ユウトの反応は素早かった。携帯を手にしたまま、離れた場所で警官と話をしているパコに大声で叫んだ。

「パコ！　この墓地のどこかに爆弾が仕掛けられてる！　赤い薔薇の花束だっ。みんなを避難させてくれっ！」

「なんだとっ？」

「時間がないっ。もうすぐ爆破するんだ……！」

ユウトの言葉を聞いて、警官たちがギョッとした表情を浮かべる。

「おい、どこかに赤い薔薇はないかっ？」

パコが周囲に視線を走らせると、他の者もそれに倣《なら》った。花が供えられた墓はいくつかあるが、赤い薔薇の花束は近くに見当たらない。

もう時間がない。ユウトは携帯を握ったまま、小走りにあたりを調べた。

「ユウト、あそこを見ろ」

ロブが指さしたほうに目を向けると、マイクが歩いてくるのが見えた。ズボンのチャックを弄っているところを見ると、用を足してきたのだろう。

「……っ」

ユウトは息を呑んだ。マイクの背後に赤い花が見える。ここからでは薔薇かどうか判別できなかった。しかし迷ってる時間はない。

「マイクっ、爆弾だっ」

ユウトは呑気《のんき》な顔で歩いてくるマイクに怒鳴った。

「……は？　なんだって？」

「いいから伏せるんだっ。後ろの赤い薔薇に爆弾が仕掛けられてる！　今すぐ伏せろ‼」

マイクは自分の後ろを振り返り、本当に赤い薔薇があることを確認すると、「うわーっ」と叫んでダイブするように頭から芝生に倒れ込んだ。

その直後、耳をつんざく爆音が響き渡った。ユウトは反射的に顔を背け、腕で頭を庇《かば》った。爆発で飛び散った石碑の欠片《かけら》や泥がバラバラと落ちてくる。

火薬の匂いが漂う中、ユウトは耳を押さえながら倒れたままのマイクに駆け寄った。

「マイク、大丈夫か?」

「……クソ、耳がおかしいぜ」

パコも駆けつけてきて、ユウトと一緒にマイクを抱え起こした。マイクは幸いなことに大きな外傷もなく元気だった。立ったままでいたら、爆風で吹き飛ばされていただろう。

「本部に連絡しろ!」

「すぐ爆発物処理班を呼ぶんだっ」

死体が見つかったところに今度は爆破事件が発生し、墓地内は騒然となった。ユウトは握ったままの携帯に目をやった。まだ通話は切れてない。

「……コルブス?」

声をかけると、コルブスは囁《ささや》くように「ああ」と返事をした。

「いい音だったね。でも今のは余興だ。実はもっとちゃんとしたプレゼントを用意してあるんだ。今度のは大きいよ。爆発したら大勢の人間が死ぬ」

背筋をひやりとしたものが駆け抜けていく。

「よせ、馬鹿な真似はやめるんだ！」

「俺にももう止められない。次のは時限爆弾で、三時ちょうどに爆発するよう、すでにセット済みだから。本当なら次は『α』で締めくくるはずだったが、君のためにＬＡにも特別に印を残すことにしよう。俺は君のことがとても好きなんだよ。不当に傷つけられても闇に呑《の》み込まれず、必死で光の中に戻ろうと足掻《あが》く愚かさが大好きだ。……ユウト。君と過ごした時間がやたらと懐かしいよ。あの時、君を殺さないでよかった。今になって心からそう思っている。俺はいつも君のことを考えている。だから君も俺のことだけで頭の中を一杯にしてくれ」

「与太話はもういいっ。爆弾はどこにあるっ？」

「大丈夫、まだ一時間以上ある。君が頑張れば食い止められるよ」

「ふざけるな……っ」

込み上げる怒りに握った拳が震えていた。

「ゲームだと思えばいい。ほら、刑務所の中でよくポーカーをやったじゃないか。誰が勝っても楽しかっただろ？　……俺とディックのゲームに、君も参加するというなら大歓迎さ」

ユウトは荒ぶる感情を抑え込み、深呼吸を繰り返した。

「どこに仕掛けた？　ゲームだというなら俺にもカードを配れ」

その言葉を聞き、コルブスが小さく笑った。

POLIC

「そうだね。ゲームは対等でなくちゃ面白くない。ヒントをあげよう。場所はダウンタウンのどこかだ」

「それだけじゃ足りない。俺のほうが不利すぎるぞ」

「じゃあ、もうひとつだけ。爆弾があるのは、日系人の君に相応《ふさわ》しい場所だ」

「なんだって……？」

「君はいつだったか、自分には日本人としてのアイデンティティが欠落していると言っていたね。それはとても悲しいことだ。君が実感できなくても、君の血の中には民族の歴史が溶けている。だからあの場所に行って、かつての日系人たちが味わった苦しい過去を思い出すといい。健闘を祈る」

「待て――」

またしても電話は唐突に切れた。

「くそ……！」

ユウトは憤りのあまり、拳で自分の足を殴りつけた。

「ユウト、どうしたんだ。誰と話してた？　さっきの爆発と関係があるのか？」

パコが興奮するユウトを宥《なだ》めるように腕を摑《つか》んでくる。ユウトはパコの顔を見て唇を嚙《か》んだ。

「――パコ。もうひとつ爆弾がある。ダウンタウンのどこかに仕掛けられているんだ。さっきのよりもっと大きな爆弾だ。それが三時ちょうどに爆発する」

「なんだって……？」

呆然《ぼうぜん》とするパコに、ユウトは口早に言い募った。

「すぐダウンタウンに向かおう。早く探し出さないと大変なことになる……っ」


「……日系人に相応しい場所か」

カムリのハンドルを握ったロブが、眉間《みけん》に深いシワを刻みながら呟いた。

「どこだろうな。リトル・トーキョー？　日系企業のビル？　ニューオータニホテル？　日本の総領事館？　うーん」

前方にはサイレンを鳴らしたパトカーが走っている。ユウトたちはパトカーに後続して、警察と共にダウンタウンを目指しているところだった。

助手席でユウトは爪を噛んだ。頭の中はコルブスの言葉でいっぱいだった。

「俺の血の中には民族の歴史が溶けている、日系人の苦しい過去を思い出せ、そう言ったんだ。何か歴史的な意味を持つ場所じゃないだろうか」

ロブが確認するように「歴史的意味か」と繰り返す。

「日系人の苦しい過去といえば、真っ先に浮かぶのは第二次世界大戦時の強制収容所だな」

日本軍の真珠湾攻撃を受けて開戦したアメリカは、一九四二年、全米十か所に設けられた強制収容所に日本人を閉じこめた。その数は十二万人とも言われ、収容された日系人たちはこの出来事で築き上げた会社や財産を失ったのだ。日本から移民してきた者だけではなく、アメリカでの市民権を得ていた日系二世や三世も同様だった。

「だけどダウンタウンに強制収容所の跡地はない」

「……じゃあ、当時の歴史を学べる博物館とか？」

ユウトはハッとして、勢いよくロブを振り向いた。

「そうか。あそこだ！」

「あそこって？」

「リトル・トーキョーにある全米日系人博物館だよ。あそこなら日系人の文化や歴史に関するものがたくさん置かれている。コルブスの言葉に一番しっくりくる」

「確かに。じゃあユウト、このまま全米日系人博物館に直行するってパコに電話しろ。それと館内はもちろん、建物の周囲も閉鎖してもらうんだ」

「でも、もし違ったら？」

「他に思いつく場所がないなら、今はそこに賭《か》けるしかないだろ。ダウンタウン全域から人間を避難させることなんて、不可能なんだから」

ロブの強い言葉に背中を押され、ユウトはパコの携帯に電話をかけた。パコはユウトの説明を聞いて、すぐ現場に警官を派遣すると即答した。全米日系人博物館はロス市警の目と鼻の先だ。館内にいる人たちはただちに避難させられるだろう。

パトカーはフリーウェイを降り、アラメダ通りを南に折れた。ロブも間を空けず、ぴったりと後ろに続いていく。全米日系人博物館はすぐ見えてきた。

到着すると博物館の付近にはすでに複数のパトカーが集まっており、周囲の交通規制が開始されていた。あたり一帯が緊迫したムードに包まれている。ユウトたちは車から降りると、パコと合流して博物館の中へと足を踏み入れた。

「不審物を発見しても触るなよ！　二階にもっと人数を増やせっ」

パコの上司のヘイグ部長がロビーに立ち、険しい顔で部下たちに指示を飛ばしていた。ユウトは挨拶《あいさつ》もそこそこに館内を調べ始めた。危険だから外にいてくれと言ったが、人手は多いほうがいいとロブも半ば強引に捜査に加わった。

展示物が並んでいる場所はもちろん、売店の中も事務局の中も徹底して調べたが、それらしきものは見つからない。ユウトは本館から新館へと移動して、警官たちの間を駆けずり回った。何度も腕時計に目をやって残り時間を確認する。

残された時間はあと十五分。焦燥感だけがどんどん膨れあがっていく。

「ユウト、あと五分で退去だ。爆発十分前には爆発物処理班を残して、全員を外に出す」

額に汗を浮かばせたパコが走ってきて、悔しそうに告げた。仕方がない。このままでは多くの警官が巻き込まれる。

ユウトが頷《うなず》こうとした時だった。

「あ、あった……っ！　見つけたぞ！」

階段の下のほうから上ずった叫び声が上がった。振り向くと若い警官が、大きな展示台の下に顔を潜り込ませていた。パコとユウトはものすごいスピードで階段を駆け下り、ふたり同時に展示台の底を覗き込んだ。

「プラスチック爆弾……？」

パコが呻《うめ》くように呟いた。ぞっとする光景だった。展示台の裏一面に白い包みがびっしりとガムテープで固定され、中からは導火線が延びている。すぐそばに起爆装置らしきものとタイマーも貼《は》られていた。これだけの量があれば、建物全部が吹き飛んでしまうかもしれない。

パコが無線で爆弾発見を知らせると、ただちに対爆スーツに身を包んだ爆発物処理班がやって来て作業を開始した。他の者は全員屋外に避難するよう指示が出たので、ユウトたちは通りの向こうまで離れ、外から新館を見守った。

ユウトの腕時計では残り時間あと四分。起爆装置解除の連絡はなかなか入ってこない。

「なあ、大丈夫なのか？」

マイクが不安げな声を漏らすと、隣にいたロブが口を開いた。

「普通のプラスチック爆弾なら、本体から信管を抜けばいいだけなんだが。もしかすると、特殊な仕掛けでも施してあるのかも」

「あと二分だ。もう間に合わない。処理班も避難させたほうが――」

ユウトがパコに話しかけた瞬間、無線に連絡が入った。爆発物処理班からのもので、起爆装置を無事解除できたとの朗報だった。

「やったっ！　やったぞ！」

マイクがガッツポーズを取った。周囲にいた警官たちからも、ワッと大きな歓声が湧き起こった。皆、そばにいる者と抱き合ったり握手したりして、喜びを分かち合っている。

ユウトは安堵《あんど》の息を吐き、その場にしゃがみ込んだ。自分の存在がコルブスを刺激して、こんな事件が起きてしまったのだという思いが強く、ずっと生きた心地がしなかったのだ。

――よかった。犠牲者をひとりも出すことなく爆発を防げた。

気持ちが落ち着いてくると、コルブスに対して言いようのない怒りが噴出してきた。

コルブスの目的は、もしかして自分や警察を嘲笑《あざわら》うことではなかったのか。本当に爆破を成功させたかったのなら、場所を特定できるヒントなど与えないはずだ。

だが仮に爆発しても、それはそれでいいと考えていたに違いない。ユウトが勝つか、自分が勝つか。そのスリルを楽しんでいたような気がする。

ディックはコルブスが自分の仲間を面白半分で吹き飛ばしたと言っていたが、今となってはその言葉も実感として納得できる。コルブスは人の生死をオモチャにできる狂人なのだ。

コルブスを思う時、どうしてもネイサンの優しい顔がちらついて、心のどこかでふたりを別々の人間のように考えてしまう傾向があった。だが今回のことで、やっと乖離《かいり》していたふたつの顔がきれいに一致した。

「ユウト、よくやった」

パコに頭がガクガクするほど揺さぶられた。そこにヘイグが現れたので、ユウトは立ち上がって感謝の気持ちを伝えた。

「後で署に来てくれないか。なぜ犯人が君に爆破予告の電話をかけてきたのか――」

「その必要はありません」

ヘイグの言葉を遮ったのは、背後から近づいてきたＦＢＩのジェファーソンだった。

「これはアメリカ各地で起こっている連続爆破事件と同一犯によるものです。一連の事件に関してＦＢＩが調査中なので、あなた方がレニックス捜査官から話を聞く必要はありません。ロス市警は我々の指揮下で動くように。……おい、押収物はすべてＦＢＩの車に載せるんだ」

ＦＢＩの捜査官たちはヘイグの返事も聞かず、運搬作業中の警官を自分たちの車両に誘導し始めた。その様子を腹立たしげに見ているヘイグに、ユウトは心から謝罪した。

「申し訳ありません。ロス市警の力で事件を未然に防げたのに」

「仕方あるまい。連邦政府のやることには逆らえん。被害が出なかっただけでよしとしよう」

ヘイグは悔しそうな表情でユウトの腕を叩《たた》き、立ち去っていった。

9

爆弾騒ぎがあった翌日の夕方、ネトから電話がかかってきた。

話したいことがあるので、ふたりきりで会いたいと言われ、ユウトは日が暮れてからひとりでダウンタウンに向かった。

待ち合わせに指定されたメキシカンバーは比較的治安のいい通りにあり、チカーノだけではなく白人や黒人の客もそこそこ入っていた。ダーツに興じる客の姿を眺めながら、ネトを捜して歩いていると、昨日会ったペペが通路の向こうから歩いてきた。

「ネトならもう来てる。こっちだ」

ペペに案内されたのは、店の一番奥にあるカーテンで区切られた席だった。ペペが声をかけるとカーテンが開き、もうひとりの男が顔を出した。男がユウトの顔を見て、中に入るよう首を振る。

ソファに腰かけていたネトが、ユウトを見て微笑んだ。

「急にこんなところに呼び出して悪かったな。俺の住んでるあたりは夜になると物騒だから、お前をひとりで来させるのは心配だった」

「気をつかってくれるのは嬉しいけど、それじゃあまるで、俺が箱入り娘みたいじゃないか」

ユウトが向かいに腰を下ろすと、ネトは「そう言うな」と苦笑した。

「昨日の夜も、すぐそばの路上で警官が撃たれた。……何か飲むか。テキーラでもどうだ」

「いや。車だからいいよ。それより話って？　アラ・ロージャのことで何かわかったのか？」

ネトはふたりの手下に下がるよう告げ、ふたりきりになってから話を始めた。

「アロンソーの計らいで、奴の従兄弟《いとこ》と直接話ができた。当時、アラ・ロージャにブツを卸していた相手の名前がわかった」

ユウトは表情を輝かせ、「教えてくれ」と勢い込んだ。

「その前に、これを見てくれ」

ネトは険しい表情で、テーブルの上に置かれてあった新聞を開いた。ネトが「ここだ」と指さした部分には、ジム・フェイバーという男が昨日の深夜未明に、カンプトンの路上で何者かに射殺されたという事件が報じられていた。

「これが何か？」

「このフェイバーって男が、アラ・ロージャに大量のコカインを卸していた男なんだ」

ユウトは愕然とした。やっとホワイトヘブンの一味かもしれない人間がわかったのに、あと一歩のところで間に合わなかった。

頭を抱えていると、ネトが奇妙なことを言いだした。

「俺はフェイバーのことは以前から知っていた。あいつはドラッグ・ディーラーとしては、裏の世界で名の知れた男だった。ただ、アラ・ロージャと取引があったことまでは知らなかった。その頃は俺もムショにいて、娑婆《しゃば》の動きにまで目が届いていなかったしな。だからお前の捜していた相手が、ディックの捜していた相手と同じだったと知って、正直驚いた」

ネトの言葉が理解できなくて、ユウトは困惑した。

「言ってる意味がよくわからない。ディックがなんだって？」

「昨日、ディックが俺のところにやって来たのは、フェイバーのことを聞くためだ」

「ちょっと待ってくれ。ディックがなぜフェイバーのことを……？」

「理由はわからん。俺がまだムショにいた時、ディックが偽名で俺に電話をかけてきたんだ。フェイバーという男を捜してる、居場所を調べてもらえないかってな。俺は出所が決まっていたから、娑婆に出たら捜してやると約束して、自分の連絡先を教えた」

頭が混乱して、この事実をどう解釈していいのかわからない。

「つまり、ディックがネトからフェイバーの居場所を聞いたその夜、偶然にもフェイバーが殺されてしまった。そういうことか？」

「お前はこれが偶然だと思うのか」

ネトの瞳には暗い色があった。ユウトは「まさか……」と首を振った。

「ネトはディックがフェイバーを殺したと思ってるのか？」

「そう考えるほうが自然だろう」

ユウトは強いショックを受けた。だが確かにネトの言う通りだ。タイミングが悪すぎる。

なぜなんだ。フェイバーがホワイトヘブンの一味だったから？　復讐《ふくしゅう》のために必要なことだったから？　ディックの狙いはコルブスひとりではないのだろうか。

ディックが人を殺した――。

「お前に話すべきかかなり迷った。ディックとの約束を破ることになるからな。だが、俺はディックが心配になってきた。あいつは一体何をしようとしているんだ？」

ネトの問いかけに、ユウトは答えることはできなかった。

「ユウト。俺にはお前やディックが抱えている事情は何もわからんが、お前たちが同じ輪の中にいることだけは理解できる。ディックの暴走を止めてやれるのは、お前しかいないと思う」

ユウトは壊れた人形のように首を振り続けた。

「無理だよ。ディックにとって、俺はもう切り捨てた過去の存在なんだ。……昨日、ディックは俺の顔を見たのに走り去っていった。俺に会いたくなかったんだろう」

とうとう我慢できず、心の中にある思いを吐露してしまった。

テーブルの上に置いた自分の手を見ると、そこには昨日の爆発の時にできた小さな切り傷があった。かすかな痛みはあるが、二、三日すれば何も感じなくなるだろう。

だけど、と思った。ディックに会って、そして避けられたという心の傷は、そう簡単には癒《い》えそうにない。

「ディックが刑務所を出る時、俺に言ったんだ。自分のことは忘れろ、それがお前のためだって。――でも無理なんだ。俺だって忘れられるものなら忘れたい。だけどディックのことが気にかかってしょうがない。彼を思うと、いても立ってもいられなくなる……」

ネトの大きな手が、ユウトの手を包み込むように被さってきた。

「ディックのことが、そんなに好きか？」

どうにでも解釈できる聞き方だが、ネトはすべて知っているのだと思った。これほど聡《さと》い男なのだから、当然かもしれない。

「俺の気持ち、そんなに外に垂れ流しなのか？　ロブにも気づかれた」

ユウトが力なく笑うと、ネトも「油断したな」と笑みをこぼした。

「あの男は呑気なふりをしているが、観察眼は相当鋭いぞ。……だが、なかなかいい奴だ」

「俺もそう思ってる。彼と出会えてよかったよ」

「いい出会いには心から感謝するといい。そうすれば、必ずまたいい出会いがある。出会いこそが一番の財産だ」

「前から思ってたんだけど、ネトって学校の先生みたいだよな」

「はっきり言え。本当は説教臭いと言いたいんだろ？」

「ちょっとね」

ユウトは思いきって言ってみた。

「……男同士なのに、おかしいだろう?」

「人を好きになる感情におかしいも何もない」

「でもロブが俺の気持ちは、勘違いじゃないかって言うんだ」

「勘違い? どういう意味だ」

ロブに言われた内容を話している間、ネトは興味深そうに聞いていた。

「吊《つ》り橋効果か。学者ってのは恋愛感情まで分析するんだな。まあ、もっともらしい話だが、人間の心理すべてがデータで弾き出されるわけじゃないだろう。恋愛なんてものは特にな。あれこれ分析したところで、好きになってしまえば理由なんてどうでもよくなる。理性でストップできる気持ちなんて本物じゃない」

やけに力のこもった言い方だったので気になった。

「ネトもストップできない恋を体験したんだ?」

「お前な。俺だって恋くらいするぞ。駄目だと思っても惚《ほ》れて苦しんだことはある」

苦笑いするネトを、ユウトは意外な気持ちで見つめた。恋愛で我を失うネトなんて、どうしても想像がつかない。

「だけど相手は女性ばかりだろ?」

「まあな。だが一度だけ、男に惹《ひ》かれたことがある。ムショの中での話だ」

「ネトが……？　それって、やっぱりそばに女がいなかったから？」

ネトは黙って掴んだままのユウトの手を見ている。表情は穏やかだが重々しい空気を感じ、ユウトは「いいんだ」と言い足した。

「言わなくていい。無理に聞きたいとは思ってないから」

「いや。話したくないわけじゃない。ただ、あの頃のことは、上手《うま》く言えそうになくてな。どう説明しても何か違う気がする」

ネトはユウトの手を離すと、テキーラの入ったグラスを持ち上げた。

「お前があそこに来るかなり前のことだ。俺はある若い囚人と知り合った。そいつはトラブルを抱えているくせに、自分から周囲に喧嘩《けんか》を売るような気の強い性格だった。手負いの獣みたいで見ていられなくて手を貸そうとしたが、頑なに俺の手を突っぱねた。他人をいっさい信用しない奴だったから、俺のこともひどく警戒して嫌っていた。でも、どうしても放っておけなくてな。俺は自分でも馬鹿だと思いながら、そいつに手を差し伸べ続けた。いろいろあって、そいつはやっと俺に心を開くようになった。だけど——」

ネトは言葉を切ると、短く息を吐いて目を閉じた。

「あいつはナイフで刺されて死んだ。俺の目の前でな」

ユウトは何かをこらえているようなネトの顔を、無言で見つめ続けた。刑務所の中がどれだけ危険か理解しているつもりでも、目の前で大事な相手が殺されたという惨劇に、かける言葉が見当たらなかったのだ。

「そいつのことで、ディックには世話になった。ディックはよくわからないところのある奴だが、信用できる男だ。その気持ちは今も変わらない。お前も同じ気持ちだろう?」

ユウトもディックのことは信用している。刑務所の中での彼は一番信頼できる存在だった。だが今はわからない。ディックの気持ちも、これからのことも。拒絶されているのなら、もうディックのことは忘れたほうがいいのではないか。

「ユウト。プロフェソルの言うことも一理はあるが、焦って答えを出すことはない。理由やきっかけより、大事なのはお前の気持ちだ。お前がディックに会いたいと思っているなら、その気持ちを無理に捨てるな。いつかもう一度会えた時に、その気持ちがなんなのかわかるかもしれないだろう? 吊り橋の上で生まれた恋が本物になるかどうかは、自分次第だ」

ネトの言葉にはいつも励まされる。彼の揺るぎない強さを目の当たりにすると、自分ももっとしっかりしなくてはと素直に思えるのだ。

「ネトは本当に俺の先生みたいだ」

「俺はお前の友でいい。先生役はプロフェソルに謹んで進呈する」

ユウトは泣きたいような気持ちで、「そうだな」と微笑んだ。

ロブはソファで本を読みながら、ワインを飲んでいた。

「お帰り。ネトとのデートはどうだった?」

ユウトの顔を見るなり、開口一番そんな言葉でからかってきた。

「デートって言い方、やめてくれないか。すごく不純なものを感じる」

「おおっと、そいつは失敬。単なるヤキモチだから気にしないでくれ」

どこまで本気かわからない口調で、ロブが明るく笑う。ユウトがソファに腰を下ろすと、

「君も飲むだろう」と新しいグラスを持ってきてくれた。

「ネトと会って何かわかったの?」

「ああ」

そう返事はしたが、すぐには話せなかった。

「よくない情報だったのかな。えらく暗い顔をしてるね」

黙っていても仕方がない。ユウトは重い口を開けて、ネトから聞いた話をロブに聞かせた。

内容が内容なだけに、ロブの表情もすぐ厳しくなった。

「そうか……。もし本当なら、君にはこたえる話だな」

ユウトはワインを飲みながら、ロブの難しい顔を見つめた。

「ロブ。正義ってなんだろう?」

「なんだい、突然」

ロブが面食らったように瞬きをした。

「俺はずっと法を犯さず生きてきた。犯罪者を取り締まる仕事にも就いてきた。だけど冤罪《えんざい》で刑務所に送られてしまった。幸い真犯人が見つかって、こうやって自由になれた。だけど刑務所の中にいた時は、正義なんてものはこの世にないんじゃないかと心底絶望したよ。法律なんて、なんの意味があるんだって憤った。……ディックも同じだ。彼は昔、特殊部隊にいた。任務で人を殺したこともあるはずだ。でもその罪は罰せられない。仕事だからか？　国のためだからか？　人の命を奪うことに代わりはないのに、時と場合によって罪の定義は変わってしまう。過去に犯した罪は咎《とが》められないのに、今の罪だけを断罪するのはおかしくないだろうか」

ディックのしたことが正しいとは思っていない。だが、どうしてもディックを裁けない。裁きたくないと思ってる。

「それは危険な考え方だな」

ロブが独り言のように小さな声で呟いた。

「え？」

聞き返したユウトに、ロブは「なんでもない」と首を振った。

「正義が何かって聞かれると俺にも答えられない。でもひとつだけはっきりしているのは、この世に絶対の正義も罪もないってことだ。だから法律があるんだよ。自分たちで必要なルールを決め、それに従って生きていく。法律はいつの時代も不完全なものだけど、社会にはどうしたって秩序は必要だ。ないよりマシだろう？　法律と刑罰のない世界を想像してごらん。世界は一瞬でめちゃくちゃになってしまう」

「……そうだな」

ロブにはわからないのだと思った。ユウトは守られるべき法律に裏切られ、不当に自由を奪われた。そしていわれなき罪で人生さえも奪われかけた。そんな自分の気持ちは、同じ体験をした人間にしかわからないだろう。

しかしそれは仕方のないことなのだ。ロブを責める気にはなれない。

「昨日の事件だ」

ロブがテレビに目を向けた。昨日からニュースでは、ガブリエラ墓地の爆破事件と未遂に終わった全米日系人博物館の事件がひっきりなしに報道されている。

しばらくして、ニュースは政治の話題に切り替わった。画面にサンフランシスコで遊説中の、民主党の大統領候補の様子が映し出される。

「選挙運動も盛り上がってきたね」

今年は大統領選挙が行われる年だ。予備選挙も全国党大会も終わり、すでに共和党と民主党の統一指名候補も決まっている。今は両党とも十一月の一般投票に向けて、全国遊説やテレビ討論会を繰り広げるなどして、白熱した選挙戦を展開している真っ最中だった。

「共和党の副大統領候補はビル・マニングか。なかなか面白い人選だな」

副大統領候補は大統領候補に選ばれた人間が、全国党大会中に指名することになっている。その大統領候補の当選が決まれば、自動的に副大統領も決定されるのだ。

「マニングって、今は大統領補佐官を務めている男だろ?」

「ああ。かなりのやり手だよ。大統領にも信頼されていて、政策を左右するほどの力を持っていたって話だ。今まであまり表舞台に出てこなかったけど、路線を変更してきたのかな」

ニュースの内容が来月の終わりにニューヨークで開催される、主要国首脳が参加する国際会議の話題に移ったので、ロブはテレビを消した。

「ユウト。ずっと考えていたんだけどね。ディックが君に残したあの言葉。——刑務所の抱える闇の向こうにコルブスはいるってあれ」

「ああ。何かわかったのか」

「あくまでも仮説として聞いてくれ。コルブスは前所長のコーニングに、ネトの解放は長い目で見れば、刑務所にいい結果を与えると言っただろう? でも実際には暴動が起きて、刑務所は甚大な被害を被った。明らかに矛盾している。だけどよく考えてみると、重警備刑務所で大規模な暴動が起きれば、警備態勢に見直しが求められる。その結果、今以上に厳重な監視システムや遠隔操作できる催涙ガスなどの、あらたなセキュリティシステムの導入が図られる可能性は高い。実際、シェルガー刑務所に行ってみて、暴動後に設置されたと思われる監視カメラや最新の金属探知器が多く目についた」

ユウトは「つまり」と身を乗りだした。

「コルブスが暴動を望んだのか、それが刑務所の利益になるから？」

「そうだ。セキュリティ強化はシェルガー刑務所のみならず、他の多くの刑務所でも行われるだろう。そうなれば刑務所経営だけでなく、セキュリティ関連のビジネスも牛耳っているスミス・バックス・カンパニーは莫大《ばくだい》な利益を上げる。株価だって上昇する」

「だとしたら、コルブスはコーニングじゃなく、スミス・バックス・カンパニーそのものと繋《つな》がっていた……？　そうだ、そうに違いないよ、ロブ！　コルブスが俺に電話できたのも、俺がＦＢＩになったことを知っていたのも、きっとそのせいだっ」

ユウトが声を大きくすると、ロブはびっくりしたように目を見開いた。

「電話？　電話って昨日の？」

「ああ。俺の携帯は最近購入したもので、番号を知ってる人間は限られている。なぜコルブスが知っているのか不思議だったけど、やっとわかった。彼はカーターから聞いたんだよ」

「カーターってシェルガー刑務所の新所長のカーター？　ああ、なるほど。そういうことか。ネイサンのことでＦＢＩがやって来たもんだから、カーターは会社に慌てて連絡をした。それがコルブスの耳にまで伝わったってわけか」

「ネイサンはスミス・バックス・カンパニーに匿《かくま》われている可能性が高い。これはすごい発見だ。すぐハイデンに電話しないと」

興奮気味にユウトが携帯を取りだすと、ロブは難しい顔で呟いた。

「だけどテロリストと企業が密接に繋がっているなんて、一体どういうことなんだ?」

「わからない。でも焦点が絞れてきた。スミス・バックス・カンパニーを調べれば、何かわかるかもしれない。ロブのおかげで、また一歩コルブスに近づけた気がするよ」

ユウトは携帯のボタンを押して、ハイデンの番号を呼び出した。

10

「向こうに着いたら、うまいシーフードの店に連れていってやるよ」

ロブが浮き浮きした様子で話しかけてきた。DCで暮らしていたロブには、ちょっとした帰省気分なのかもしれない。

「楽しみにしてるよ」

ユウトとロブはDCに向かう飛行機の中にいた。

急遽《きゆうきよ》、戻ることになったのは、スミス・バックス・カンパニーの社長である、ジャック・イーガンという男と会うためだった。驚いたことにロブが「社長と面会の約束を取りつけたから、一緒に行かないか？」と誘ってきたのだ。あくまでも刑務所ビジネスを学術的に研究する大学教授としての立場で、インタビューを申し込んで承諾を得たらしい。

ＦＢＩ捜査官として乗り込んでいけば警戒され、コルブスをさらに遠ざける結果になるかもしれない。ロブの助手としてなら怪しまれないだろうと考えたユウトは、ハイデンの許可を受けて、ロブと共に急遽ＤＣを目指すことになった。

「それは連続爆破事件の起きた場所？」

隣のシートに座るロブが、ユウトの手元を覗き込んできた。ユウトが手にしているのはファイルに綴《と》じられたアメリカ地図のコピーだった。地図にはマジックの黒い点が散らばっている。

「ああ。コルブスが電話で言ったことが引っかかるんだ」

――本当なら次は『α』で締めくくるはずだったが、君のためにＬＡにも特別に印を残すことにしよう。

あの言葉が何を意味しているのか、ずっと気になっていた。

「確かに気にかかるな。ＬＡだけ特別ってことは、他の場所は最初から爆破することが決まっていたことになる」

ユウトとロブは声をひそめながら話し続けた。

「ああ。だとすると、今まで事件が起こった場所には何か意味があるはずだ。それがわかれば、次に狙われる場所――彼は『α』って言い方をしたけど、それがどこかわかるかも」

ロブは「ちょっとごめんよ」と断って、ボールペンで四つの点を結び始めた。ミシガン、フロリダ、モンタナ、ユタのそれぞれの現場を線で繋ぐと、歪《いびつ》な横長の台形になる。

「うーん。これだとユタのすぐ下のアリゾナだけが余るな。何かの形にでもなればヒントになるかもと思ったけど、これじゃあね」

ユウトはロブがつくった台形と、その下にひとつだけ残された点を食い入るように見つめた。

「……この形、見たことがある」

ロブが驚いた顔で、「どこでだ？」と身を乗りだしてくる。

「わからない。でも知ってる気がするんだ。……ああ、でも思い出せない。なんだろう？　確かにどこかで……。くそ、気持ち悪いなっ」

ユウトが髪を掻《か》きむしると、ロブは宥めるように軽く腕を叩いた。

「何かの拍子で思い出すこともあるさ」

そうだな、と答え、ユウトは苛立《いらだ》つ気持ちを無理やり抑え込んだ。

ファイルを閉じた時、シートベルトの着用サインが点灯し、機内アナウンスが間もなく着陸態勢に入ることを告げた。

ナショナル空港に到着したふたりは、その足でＦＢＩ本部に向かった。ロブと対面したハイデンはいつもの嫌みな口調を控えめにして、型通りではあるが捜査協力への感謝の気持ちを表明した。ただ捜査上で知り得た情報の守秘は徹底していただきたい、としっかり釘《くぎ》を刺すことだけは忘れなかった。

その後、ハイデンから朗報がもたらされた。ネイサンがいた軍事キャンプ、ＭＳＣの在籍者リストが入手できたというのだ。その中にコルブスが含まれていれば、本名や素性を知る大きな手がかりになる。

「全力を挙げて、リストに載ってる人間全員を洗っているところだ。ここからコルブスの正体に辿《たど》り着けるといいんだが。……ああ、それと、スミス・バックス・カンパニーだがね。あそこの実質的な親会社はジェネラル・マーズだ」

「ジェネラル・マーズって、あの船や航空機を製造している？」

ユウトは意外に思って聞き返した。ジェネラル・マーズ社といえば誰でも名前くらいは知っている、アメリカでも指折りの重機械メーカーだ。

「ああ。そっちが有名だが、実際は軍需産業部門のほうが儲《もう》かっている。戦闘機、軍用輸送機、人工衛星、ミサイル、軍艦、なんでもござれの死の商人だよ。スミス・バックス・カンパニーはあそこの系列会社の出資で設立された会社で、その後、何度か社名変更を行っているから、ジェネラル・マーズとの関連はあまり世間に認知されていないようだ」

ハイデンの説明に、ロブが補足を加えた。

「軍産複合体と刑務所産業複合体は同じ構造を持っている。どちらも企業と国家の利益が同じベクトルで絡み合った存在だからね。冷戦崩壊後、軍事費は大幅に削減され、その結果、いくつもの軍需企業が刑務所ビジネスに進出したんだ」

「敵を失って困った軍需企業は、今度は犯罪という新しい標的を見つけたってわけか」

ハイデンはふたりのやり取りに割って入り、「つまり」と無理やり結論づけた。

「スミス・バックス・カンパニーの社長には、慎重に接触してくれということだ。ジェネラル・マーズは政府との繋がりが強いから、下手に刺激すると非常にややこしいことになる。捜査に政治的圧力がかかれば、身動きが取れなくなるからね」

ユウトはハイデンの言葉に気持ちを引き締めた。スミス・バックス・カンパニーの社長であるジャック・イーガンとは、明日の午後に会うことになっている。彼に自分がFBIだということは、絶対に気づかれてはならなかった。

ハイデンと別れてFBI本部を後にしたふたりは、滞在先のホテルに向かい、フロントでチェックインをすませた。シングルに空きがなかったので、部屋はツインになった。

「イーガンとはホワイトハウス近くのホテルで会うことになっている。彼がDCにいる時の定宿なんだ」

スミス・バックス・カンパニーの本社はニューヨークにあるが、イーガンはDCに頻繁に来ているらしい。ロブは政治家たちに接触をするためだと言っていた。公的事業を請け負う仕事柄、政治家とのパイプを太くすることに余念がないのだろう。

「ロブはイーガンと面識はあるのか?」

「ジョージタウン大学にいた頃、パーティなんかの席で何度か話をした。見た目はスマートな紳士だけど、仕事に関しちゃ相当えげつない手を使う男だ。当時、刑務所の民営化に異議を唱えていた俺を抱き込もうとして、甘い話をちらつかせてきたこともあった」

「じゃあ明日のインタビュー、向こうは警戒してくるんじゃないのかな」

「差し障りのないことを質問して、できるだけイーガンのご機嫌を損ねないようにするよ」

ユウトは考え込みながら、椅子に腰を下ろした。無難な質問だと上辺だけの会話でインタビユーが終わってしまう。貴重な機会なのに、それではもったいない。

「できれば油断させておいて、終わり際に不意をつくような質問を投げて反応を見たいな」

「なるほど」

ユウトとロブはどういう手順で話を進めていくかを、時間をかけて検討し合った。大体の内容が固まったところで、ロブが食事に行こうとユウトを誘った。

ロブの案内で到着したのは、ホテルからタクシーで十分ほどの場所にあるシーフードレストランだった。洒落《しゃれ》たムードとはかけ離れた大衆的な雰囲気の店で、客はテレビでフットボールの試合を眺めながら食事を楽しんでいる。

好き嫌いがないならメニュー選びは任せて欲しいと言われたので、注文はすべてロブに一任した。しばらくして生牡蠣《なまがき》と茹《ゆ》でたカニ、それにクラブ・ケーキとクラムチャウダーが大量に運ばれてきた。

「こんなに食べられるかな」

「心配ない。このカニはチェサピーク湾名産のブルー・クラブといってね。最高にうまいんだ。DCに来たら、スミソニアンなんかよりまずはシーフードだよ」

ロブが勧めるだけあって、確かにどれも美味《おい》しかった。フォギーボトムという地ビールもなかなかのもので、ユウトはDCにこんなにうまいビールがあることを初めて知った。

ユウトもかなり飲んだが、酒に強いロブにはかなわなかった。ロブは途中から隣にいた客と意気投合して、「あのクォーターバックはすごい奴だな」と盛り上がっていた。

ロブの言った通り食べ残しはまったく出ず、すべての料理はロブとユウトの胃袋にきれいに収まった。満足したふたりはホテルに戻り、交代でシャワーを使った。先に入浴をすませたユウトがベッドに横たわってテレビのニュースを眺めていると、バスローブ姿のロブが鼻歌を歌いながら出てきた。うまい料理を心ゆくまで堪能して、その上、贔屓《ひいき》のチームまで勝ったので見るからにご機嫌だ。

「君は不思議な男だな。羨ましいよ」

「え？　羨ましいって？」

バスタオルで頭を拭《ふ》いていたロブが手を止め、驚いた顔でユウトを振り返る。

「いつも明るくて、誰とでもすぐ仲よくなれる。人生を心から楽しんでいるように見えるな」

ロブは「いきなりなんだよ」と笑い、自分のベッドに腰を下ろした。

「君を見てると、自分が駄目な人間に思えてくる。俺は他人に対して構えすぎるところがあるから、なかなか打ち解けた関係になれないんだ。自分で自分の世界を狭めている気がする」

「俺はそうは思わないよ。君は少しだけ人見知りするけど、ちゃんと他人と向き合える人間だ。親しくなるまで時間がかかっても、それは個性であって駄目な部分じゃない。……ユウトはキャッチボールが好きかい？　俺は大好きだ。投げるのも受けるのも」

「キャッチボール？　それってもしかして何かの比喩《ひゆ》？」

ユウトは身体を起こし、子供のように膝を立てて座った。

「そう。他人とボールを投げ合う行為は、人間関係とよく似てると思わないか？　自分が投げないと何も始まらないし、相手が投げ返してくれないと続かない。でもただ投げるだけじゃ駄目なんだ。変な方向に投げれば相手が怒るし、取れないボールを投げられるとこっちも嫌になる。相手にきちんと届くように投げないとね」

「両方の努力があって初めて成立するってこと？」

「そうだよ。恋愛なんて特にそうだ。最初は相手のグローブしか見えなくて、必死でそこにボールを入れようとする。気持ちいいやり取りができると嬉しくて、最高に幸せになるんだ。だけど段々と慣れてくると適当なボールを投げるようになって、キャッチボールそのものがつまらなくなる。どちらかが投げることをやめたら、もう終わりだ。受ける気がない相手にボールを投げるのは、とても虚《むな》しくて悲しいことだ」

ユウトは笑いを浮かべ、「それは君の経験に基づく話？」と尋ねた。ロブは「嫌なことを聞く奴だ」と苦笑した。

「でもその通り。恋愛関係の持続は、最終的には相手にどれだけの思いやりを持てるかで決まる気がするよ。ときめきなんて一過性の感情だから、それだけに依存していちゃ本当の関係は築けない。要はその相手と、ずっとキャッチボールを続けたいと思えるかどうかじゃないかな」

「そうだな。人間関係も恋愛も難しく考えるとわからなくなるけど、ボールを投げ合う行為なんだって想像すればわかりやすい」

「だろ？　ちなみに俺が前につき合っていた相手は、別れる三か月ほど前からボールを投げ返してくれなくなってね。俺はそれでもまだ彼と関係を続けたくて、ボールを投げ続けたけど駄目だった。それもそのはず、彼は俺じゃなくて他の男とキャッチボールするのに夢中になっていたんだ」

ロブはもう過去を引き摺《ず》っていないらしく、こだわりを感じさせない明るい声で話してくれたが、聞いているユウトは不快になった。

「きっと今頃後悔してるよ。最高の恋人がいたのに浮気するなんて、どうかしてる」

「褒めてもらえるのは嬉しいけど、一見いい人に見える人間は要注意だぞ。完璧な人間なんていないんだから、欠点を隠すのに長《た》けてるってことさ」

「ロブの欠点ってなに？」

「そうだな。強いて言うなら、欠点がないところが欠点かも」

ユウトは呆《あき》れ顔で「よく言うよ」と反論した。

「俺は君の欠点を知ってるぞ」

「なんだろう？　思いつかないな」

「一見、論理的な物言いで相手を混乱させて、キスを迫ってくる厚顔さだ」

「いつまでも根に持つ奴だな。でもあれは俺が悪いんじゃない。魅力的すぎる君が悪いんだ。君はとてもエレガントでプリティでセクシーでチャーミングだ。そこのところを自覚しなきゃ」

あまりにも真面目《まじめ》な顔で言うから可笑《おか》しくて、ユウトは膝頭に頭を落として大笑いした。

「なんだよ、それ。褒め言葉をただ並べただけじゃないか」

ロブの真剣な眼差しに気づき、ユウトは「何?」と首を傾《かし》げた。

「君は普段すごくクールだけど、笑うとやたらと可愛くなるな。笑顔に誘われて、ついそっちのベッドに行きたくなるよ」

口説《くど》きモードに入ったロブを警戒して、ユウトは笑いを引っ込めた。

「俺はこう見えて空手マスターだ。怪我《けが》する覚悟があるなら、お好きにどうぞ」

「痛みを恐れていては、恋愛なんかできない」

本当にロブがユウトのベッドに寄ってきた。腰を下ろし、やけに切なげな瞳で見つめてくる。

「俺のこと、本当にそういう対象として見られない?」

「……ロブ。それは本気で聞いてるのか」

「ああ。俺は君が好きだ。まだ出会ったばかりだけど、この気持ちは本物だ」

本気の告白をされては、ユウトも真面目に答えないわけにはいかなかった。

「俺も君が好きだよ。でもやっぱり友達以上にはなれない。今はディックのことしか考えられないんだ。悪いけど、君の恋人にはなれないよ」
ロブは目を伏せ、「そうか」と頷いた。
「やっぱりディックにはかなわないみたいだね。……でも君に隙《すき》がある時は、また口説いても
いい？　それくらい許してくれるよな」
転んでもただでは起きない男だ。ユウトは苦笑して首を振った。
「本当に君って面白い男だな」
「しつこい男は嫌われるってわかっているんだけどね。じゃあ振られた男は自分のベッドに退
散するよ。お休み」
ロブが拗《す》ねたふうにシーツを被ったので、ユウトは笑いを噛み殺しながら部屋の灯りを消し
た。
眠りに就いてからも、ユウトはロブの言葉を考えていた。ディックに対する気持ちは自分で
もよくわからない部分があって、これまでの経験や常識という概念で考えると、きれいに分類
して収まりのいい場所を見つけることが難しい。けれど人間関係も恋愛もキャッチボールだと
思えば、気持ちが軽くなる気がした。
恋だとか友情だとか同情だとか、名前のついた箱に自分の気持ちを当てはめようとするから
悩んでしまうのだ。この箱に入れるのはおかしい。でもこの箱でもしっくりこない。そんなふ
うに自分を納得させるためだけに、あれこれと考え込んでも仕方がない。

ただディックにボールを投げ、それを受けとめて欲しいと思っている。そして彼の投げたボールを、この手でしっかりと受けとめてみたい。

他の誰でもなく、ディックとキャッチボールがしたいのだ。それこそが今のユウトの心からの願いだった。


ジャック・イーガンの滞在しているホテルは、ホワイトハウスから三ブロック離れた場所にあった。ヨーロッパ調のクラシカルなムードの漂う高級ホテルだが、さすがにDCの中心地だけあって、ホテルのロビーには黒っぽいスーツを着たビジネスマンの姿が多く見られた。

イーガンの部屋は最上階のスイートルームで、ユウトとロブは秘書らしき男性にリビングルームへと通された。ソファに座って待つこと数分。奥の部屋から現れたイーガンは、ふたりに向かって颯爽《さっそう》と歩いてきた。四十代後半くらいに見えるが、実際は五十三歳だと聞いている。ロブが言った通り紳士然としていて、なかなかハンサムな男だった。

「お待たせしました。コナーズ博士、お久しぶりです」

「この度は突然のお願いをご承諾いただいてありがとうございます」

イーガンはロブと握手すると、隣にいるユウトに視線を向けた。

「この方は？」

「私の助手のアラン・チェンです。若いですが、とても優秀な男なんですよ」

ロブがにこやかに嘘《うそ》をつく。ユウトも笑顔を浮かべ、「初めまして」とイーガンに握手を求めた。イーガンは特に疑う様子もなく、ふたりに腰を下ろすよう勧めた。

「早速ですが、インタビューを開始させていただいてもよろしいですか？　お忙しい社長の貴重な時間を無駄にはできない」

ロブの言葉に、ユウトはボイスレコーダーをセットして、それらしくメモ帳を手にした。

「社長もご存じのように、私はビジネスとしての刑務所運営には懐疑的で、慎重論を唱える人間でした。しかし現状を考えるともはや刑務所の民営化は資本グローバリゼーションに組み込まれ、現代のアメリカ社会にとって必要不可欠なものになっている。それらを踏まえた上で、公的事業を担う企業としての理念など聞かせていただけますか？」

「そうですね。我々は単なるビジネスという枠を越え、社会奉仕という面でも大きな使命を果たさなければならないと自負しています。現在の社会から犯罪そのものをなくすことは不可能ですから、犯罪を犯した人間の更生や社会復帰を手助けできる——」

熱心にメモを取るふりをしながら、ユウトはイーガンの言葉はしょせんきれいごとでしかないと、内心で失望していた。自分が体験した刑務所生活のどこに、更生や社会復帰という明るい要素が含まれていたというのか。

ロブも上辺だけはイーガンの言葉に真剣に聞き入り、時には「素晴らしいですね」などとお世辞の相槌《あいづち》を入れるので、イーガンは終始機嫌よく質問に答えていた。難しい内容の応答は小一時間ほど続いたが、そろそろいいだろうと判断したのか、ロブが満足げに溜《た》め息《いき》をついた。

「いや、とても参考になりました。社長のお考えは大変素晴らしいものです。私も今後は刑務所の民営化について、少し考えを改めないと」

「そう言っていただけて嬉しいですな。コナーズ博士のような将来ある有能な研究者が、我々の事業に理解を示してくだされば鬼に金棒ですよ」

秘書が新しいコーヒーを運んできた。リラックスしたムードでイーガンと雑談を交わしていたロブは、不意に「ああ、そういえば」と思い出したように呟いた。

「先だって、カリフォルニアのシェルガー刑務所で暴動が起きましたね。あそこはスミス・バックス・カンパニーが州から運営を任されていると聞きましたが、補修や改修は相当大変だったのでは?」

「まったくですよ。刑務所内における人種間の軋轢《あつれき》だけは、いかんともしがたい。警備面の強化は今後の大きな課題です」

「あの暴動でふたりの受刑者が脱獄して、まだ掴まっていないそうですね」

ロブの言葉にイーガンは憤慨した様子で、「困ったことです」と首を振った。

「警察は一体何をしているのやら」

「警察といえば、私はLAの警察関係者と親しくしているのですが、面白い話を耳にしました。

脱獄したひとり——名前は確か、ネイサン・クラークだったかな？　その男の脱獄を手引きしたのが、先日死体で見つかったシェルガー刑務所の前所長、コーニング氏ではないかというんですよ。この件に関して、社長はいかが思われますか？」

イーガンの表情がにわかに険しくなった。

「そんな根も葉もない噂話《うわさ》、一体誰が流しているんですか」

「警察はコーニング氏がクラークに殺されたのではないかと見ているようですね」

「それが本当なら、きっとコーニングはその受刑者に脅されて脱獄を手伝わされたんでしょう。彼は仕事熱心な真面目な男だった。自分の意志で受刑者を外に連れ出すことなどあり得ない。彼とは長いつき合いだから、確信を持って断言できる。心から信頼の置ける男だった。だからコーニングが行方不明になってから、ずっと心配でならなかった。きっと何かの事件に巻き込まれたに違いないとね」

「そうですか」

「もうインタビューが終わりなら、これで失礼させていただきたい。この後も人と会う約束があるものでね」

表情はにこやかだが、明らかに態度が硬化していた。ロブとユウトは礼を述べて、イーガンの部屋を後にした。

「どうだった？」

廊下を歩きながらロブがユウトに尋ねてきた。

「最後の言葉が引っかかったな。コーニングを信じていると言いながら、彼が失踪《しっそう》している間に新しい所長のカーターを送り込んでいる。そんなに信用していたなら、せめて安否の確認が取れるまで、人事を動かしたりしないんじゃないだろうか」

「確かにね。彼は最初からコーニングがこの世にもういないことを知っていたのかもしれない」

エレベーターに乗り込んで、ユウトは言葉を続けた。

「大事な社員を殺されてもコルブスのほうを守ろうとしたなら、すごい話だな。あの会社にとって、コルブスは一体どういう存在なんだろう」

「まったくもって謎だ。けど、社員の命よりもはるかに重要だってことだけはわかる」

一階に着いたエレベーターから下り、ふたりは豪華なシャンデリアの輝くロビーを横切り始めた。ちょうどフロントのそばを通りかかった時だった。

ユウトの目が、チェックインの手続きをしている男性の背中を捕らえた。スーツを着た長身の男で、広い肩幅と長い脚が印象的だ。

「ユウト……?」

立ち止まったまま動かないユウトに、ロブが怪訝《けげん》な表情を向ける。

「お待たせ致しました、ミュラーさま。お部屋は八〇九号室でございます。ただいま係の者がお部屋までご案内致しますので――」

「いや結構だ。鍵だけ渡してくれ」

愛想のいいフロントマンの言葉を遮った低い声。ユウトは身震いするほどの衝撃に襲われ、息をすることも忘れて男の後ろ姿を見つめ続けた。

――こんなところにいるはずがない。似ているだけの別人だ。

強く否定しながらも、ユウトの視線は男に釘付けだった。

男がキーを受け取り、足元に置いていたバッグを持ち上げた。身体を反転させた瞬間、端整な横顔がユウトの目に飛び込んできた。

「……っ」

高い鼻梁《びりょう》。涼やかな目元。形のいい顎《あご》のライン。

そこにいるのは、やはりディック・バーンフォードだった。これだけの至近距離で間違えるはずがない。

目の前にディックがいるという現実に、心臓が激しく鼓動を打って胸が苦しくなる。にわかには信じられず、夢の中にいるようだった。

「ユウト、どうしたんだ?」

ロブの声にディックが振り向いた。真正面から目が合った。

青い瞳がユウトを間近で見つめている。けれどディックの表情はピクリともしない。見知らぬ相手を見るというより、まるでそこに誰も存在していないかのような、完璧なまでのポーカーフェイスだった。

ネトの家の前で見かけた時と同じで、ディックの髪の毛は濃い茶色だった。以前よりずっと短くなって、きれいに櫛《くし》が入っている。その上、シルバーフレームの眼鏡をかけているので、刑務所にいた時のディックとは雰囲気がまったく違っていた。

インテリジェンスなムードを持った、やり手のビジネスマン。ひとことで言うなら、そんな感じだ。

だが外見の変貌《へんぼう》の中で一番驚いたのは、額から眉尻にかけて走っていた大きな傷が、まったく見当たらないことだった。

「スティーブ、もうチェックインは終わったの？」

ディックの背後から、すらりとした金髪の女性が現れた。年齢は三十代半ばくらいで、化粧は濃いが目鼻立ちのはっきりした理知的な風貌の美人だった。

「ああ。待たせたね」

優しい声でディックが返事をする。魅惑的な笑みを向けられた女性は、うっとりしたような表情でディックの腕に自分の腕を巻きつけた。

「あら、もしかしてロブ……？　ロブ・コナーズ？」

女性はロブを見た途端、驚いたように目を見開いた。

「やあ、ジェシカ。久しぶりだね。相変わらずきれいで安心した」

「ああ、やっぱりロブね！」

ロブとジェシカは軽く抱き合って、偶然の再会を喜び合った。ディックの連れとロブが知り合いだとわかり、ユウトは驚愕するばかりだった。

「本当にびっくりした。このホテルに泊まっているの？」

「いや、俺が泊まってるのはモディソンホテルだよ。ここにはイーガン社長に会うために来ていたんだ。さっきインタビューさせてもらったところだ」

「そうだったの。時間があったら、ＤＣにいる間に食事でもしましょうよ」

「Ｋストリートいちの美人に誘ってもらえるなんて光栄だな」

「相変わらずなんだから。いつでも電話してね。……こちらの方は？」

ジェシカがユウトに視線を移した。ロブがすかさず「俺の助手でね」と答えた。

「アラン・チェンだ。研究の手伝いをしてくれている。アラン、彼女はジェシカ・フォスター。スミス・バックス・カンパニーとも契約している、やり手のロビイストだよ」

ロビイストとは企業にとって有利になるような法整備や法案の変更などを政治家に働きかける、ロビー活動のスペシャリストたちだ。ジェシカがスミス・バックス・カンパニーに関係している人間だから、ロブはあえて偽名でユウトを紹介したのだ。

ユウトとジェシカが握手して挨拶を交わす傍ら、ロブはディックに目をやりながら言った。

「そちらの色男は君の恋人かい？」

「嫌だ、そんなんじゃないわよ」

否定しながらも、ジェシカの顔つきは満更でもなさそうだった。

「彼はスティーブ・ミュラー。システム開発の会社の人で、イーガン社長に紹介したくて連れてきたのよ」

スティーブ・ミュラー——。それが今のディックの名前なのだ。

ユウトはディックがまた別の人間になりすましている事実を知り、なんとも言えない複雑な気分を味わった。きっとディックもコルブスを追って、スミス・バックス・カンパニーに接触をしているのだろう。ならば今はあくまで他人のふりを続けるしかない。

「スティーブ、彼はロブ・コナーズ。若いけどその世界じゃ有名な犯罪学者なの」

「ミュラーです。お会いできて光栄です」

ディックがロブと型通りの握手を交わす。ジェシカは腕時計に目をやり、申し訳なさそうに微笑んだ。

「今からイーガン社長と会うことになっているの。また別の機会にゆっくり話しましょう」

「ああ。必ず電話するよ」

ジェシカとディックが連れ立ってエレベーターホールへと歩いていく。ふたりの後ろ姿を見送りながら、ロブは「いい男だ」と感心したように言った。

「おおかた彼女に取り入って、社長に自社製品を売り込むつもりなんだろうな。出来のいい顔を持ってると、いろいろ役に立つものだ。なあ、ユウト?」

「……そうだね」

ユウトは遠ざかっていくディックの背中を見つめながら、心ここにあらずの返事をした。

11

ユウトとロブはホテルのレストランで、早めの夕食を取ることにした。

食事中、ロブはジェシカがいかに優秀なロビイストであるかを語り、さらには彼女が社長の姪であることも教えてくれた。

彼女と親密になれば、スミス・バックス・カンパニー内部の情報が得やすくなるのは明らかだ。ディックの狙《ねら》いもそこにあるのだろう。システム開発の会社も、恐らくＣＩＡのフロント企業に違いない。

食事が終わって部屋に帰ろうとした時、ロブの携帯が鳴った。どうやら友人からの誘いの電話のようだった。

「え？　今から？　うーん。どうしようかな」

ユウトは横から「行ってきたら」と声をかけた。

「俺はちょっと疲れたから、先に部屋に帰って休んでる」

ロブは申し訳なさそうな顔で頷《うなず》いて、相手に了承の返事をして電話を切った。

「悪いね。昔の同僚からで、みんな集まっているからお前も来ないかって」

「気にしないでいいよ。ゆっくり楽しんでくるといい」

ロブを見送ってひとり部屋に戻ったユウトは、シャワーを浴びると腰にタオルを巻いただけの格好でベッドの上に倒れ込んだ。

やっとディックと再会できたのに、まったく心が晴れない。むしろ、会う以前より気分は落ち込んでいた。

ディックの冷たい瞳が、ユウトの心を強く打ちのめしたのだ。互いに仮面を被ったままでの再会だから、仕方のないことだとわかっている。けれどせめてほんの一瞬でも、ディックの目に再会の喜びを感じ取ってみたかった。たった一秒でもいいから、以前のように自分を見て欲しかった。

ユウトはベッドの上で仰向けになり、天井をぼんやりと眺めた。目を開けていても、ディックの顔が浮かんでくる。けれどその表情は氷のように冷たく、ユウトを拒んでいるとしか思えなかった。

煩悶《はんもん》するように何度も寝返りを打ち、ユウトは身の内を駆けめぐる嵐のような激しい感情に歯を食いしばった。

――会いたい。会いたい。ディックに会いたくてたまらない。

誰もいない場所でなら、昔のふたりに戻って話ができるのではないか。仮面を捨てて、再会を喜び合えるのではないか。

部屋の番号なら覚えている。今からなら、まだ会いに行ける。いてもたってもいられなくなったユウトは、脱いだスーツをまた身につけて部屋を飛び出した。ホテルの前でタクシーに乗り込み、運転手にディックの宿泊しているホテルの名前を告げる。不安と期待が交互に押し寄せ、胸が張り裂けんばかりだった。

けれどホテルに着いてロビーに入った途端、もしかしてディックはジェシカと同じ部屋に泊まっているのではないかと思い至り、急に足が止まってしまった。いきなり部屋を訪ねていくのは駄目だ。ジェシカが一緒なら不審に思われる。

ユウトは迷った挙げ句、携帯電話からホテルのフロントに電話をかけ、ディックの部屋に繋《つな》いでもらうことを考えた。

だがロビーの片隅に向かおうと一歩踏み出した瞬間、後ろから誰かに腕を掴《つか》まれた。驚いて振り返ったユウトは、目の前にいる相手を見て息を呑《の》んだ。

「ディック……」

無表情なディックが冷たくユウトを見下ろしていた。

「来い」

短く言い放ち、ディックが足早に歩きだす。ユウトは慌てて後を追った。ディックはエレベーターに乗り込むと、すぐさま扉を閉じた。言葉もないまま八階に到着して、そのまま長い廊下を突き進んでいく。

ディックは八〇九号室のドアを開けると、ユウトを振り返った。躊躇《ためら》っていると、強引に部屋の中に押し込まれた。部屋はツインだったが、室内に女性ものらしき荷物は見当たらない。ディックがひとりで宿泊していることを知ってユウトは安堵《あんど》した。

「……ディック、急に来てすまない」

「その名前で俺を呼ぶな。今の俺はスティーブ・ミュラーだ」

ピシャリとはねつけるようなきつい口調だった。

「お前に周囲をうろうろされると迷惑だ。それくらいのこともわからないのか」

ディックの全身から漂ってくる怒りの気配に、ユウトの期待は呆気《あっけ》なく打ち砕かれた。ふたりきりになっても、ディックの態度は冷たいままだ。再会を喜んでいる様子は微塵《みじん》も窺《うかが》えない。ディックにとって、自分がすでに切り捨てた過去の存在であることを痛感して、ユウトは何も言えなくなった。

こうやって会いに来たことが、ユウトの精一杯の意思表示だった。俺は今もお前を忘れていない。ずっとお前に会いたいと思っていた。その気持ちを行動で表したつもりだったのに、ディックには迷惑でしかなかったのだ。結局、自分だけの一方通行だった。

「なんの用があって来た?」

「なんの用……?」

投げたボールは受けとめてもらえなかった。ディックのグローブにかすりもせず、ただ背中に当たって落下しただけだ。

ディックは自分とのキャッチボールを望んでいない。それだけが唯一の真実。

「もしかして、上から命令されて俺を監視しに来たのか？」

「監視……？」

「お前がFBIに入ったことは知っている。俺を見張っていれば、コルブスの居場所がわかるとでも思っていたんじゃないのか？」

ユウトは混乱しながらディックの整った顔を凝視した。

もしかしてディックがこれほど冷たい態度を取るのは、自分がFBIの人間だからなのか。敵対する組織の一員になったことが原因なのか。

「俺は確かにFBIの捜査官になった。でもそれはお前と対立するためじゃない。むしろ俺はもう一度、お前に会いたくて——」

「言い訳するな。俺がお前にコルブスの情報を流したのは、無実のお前が刑務所から出られればいいと願ったからだ。断じてFBIに協力するためじゃない。なのにお前は出所してすぐFBIの犬になった。まさか俺の邪魔をする仕事を選ぶなんてな。恩を仇《あだ》で返された気分だよ」

ディックは苦々しく言い捨て、ユウトから顔を背けた。まるで憎い相手の顔など、これ以上見ていられないというように。

「ディック……。違う。そうじゃない。俺はお前の邪魔なんて……」

「なら、今すぐＦＢＩをやめろ。それができないなら俺の目の前から消えてくれ。目障りだ」

ＣＩＡとＦＢＩ。確かにふたつの組織は対立している。片方はコルブスの暗殺を企て、片方は逮捕しようと躍起になっている。組織に属する以上、ディックとユウトもまた対立関係にあって然《しか》るべきだ。

頭ではわかっていたが、それはあくまでも立場上の問題であって、ふたりの個人的関係を阻害するとは思っていなかった。これほどまでにディックに疎まれる結果になるとは、考えてもいなかったのだ。

ユウトは自分の愚かさを心から呪《のろ》った。わかっていたのに。ディックがどれほどの気持ちでコルブスを追っているのか。彼は自分の人生そのものを賭《か》けて、コルブスを殺そうとしている。わかりすぎるほどわかっていたのに。

ディックのことを理解したい。誰よりもわかる人間でいたい。そう思っていたのに、実際は自分の気持ちしか考えていなかった。そのことが一番恥ずかしい。

「……すまなかった。俺が浅はかだったよ。ＦＢＩに入ってコルブスを追えば、お前にまた会える。お前と同じ世界に身を置くことができる。俺は単純にそう考えていた。俺に追いかけられても、お前には迷惑でしかなかったっていうのに……」

声が震えてしまう。ユウトは拳を強く握り締め、波立つ感情を必死で抑え込んだ。

「どうして俺に会いたかったんだ？」

ディックの問いかけにユウトは困惑した。自分の気持ちは、ディックもわかっているはずだ。

「もしかして、あの時のセックスが忘れられないのか」

「ディック……？」

ディックが近づいてきて、ユウトの顎《あご》を乱暴に摑んだ。

「そんなによかったのか？　俺もあの時のセックスには満足してる。お前が可愛く誘うから、俺もついその気になったが、なかなか悪くはなかった。あんな状況だったから、お互い最高に盛り上がったしな。お前が望むなら、もう一度くらいなら抱いてやってもいい。けど、これで最後だ。満足したら、二度と俺を追うな」

眼鏡の奥の青い瞳が、射抜くようにユウトを見下していた。ユウトは呆然《ぼうぜん》としたまま、無言でディックと見つめ合った。

血の気が引いて、手足が冷たくなってくる。ディックの言葉にショックを受けたのではない。ディックがそうまでして、自分を突き放そうとしている事実が悲しかった。

今の自分の存在がどれだけ疎ましくても、ディックがあの時のことを本気で茶化すはずがない。あれはふたりにとって、とても大事な時間だったはずだ。ただ身体を重ね合っただけじゃない。心を重ね合った。心で互いを求め合った。

「その気があるならベッドに行けよ。さっさと済ませよう」

もういい。もう聞きたくない。

ディックに心ない言葉を言わせているのは自分なのだ。ディックはあえて嫌な言葉を口にすることで、ふたりの関係を断ち切ろうとしている。

「どうした？　なんとか言えよ」

ユウトはそっとディックの胸を押した。

「……もういいんだ、ディック」

「何がだ？」

「お前が本気で言ってないことくらい、俺にもわかる。だからもうやめてくれ」

ディックは嘲《あざけ》るように唇を歪《ゆが》めた。

「本気じゃないって、どうしてわかる。自分の思い込みで勝手なことを言うな」

「わかるよっ。わからないはずがないだろう……っ」

ユウトは揺れる感情のままに強く頭を振った。

「そんなに俺の存在が邪魔なら、二度とお前に近づいたりしない。だから……たとえ嘘《うそ》でも、あの時のことを貶《おとし》めるような言い方はやめてくれ。俺にとって、お前と過ごしたあの夜のことは、今でも大切な思い出なんだ。お前が忘れてしまっても、俺は死ぬまで覚えている。一生忘れられない」

ユウトはディックに背を向けると、ゆっくりとドアに向かって歩き始めた。もうこれ以上、ディックを苦しめたくない。何も言わせたくない。それだけで頭がいっぱいだった。

ドアノブに手をかけ、ユウトは迷った末、最後の言葉を口にした。

「……ディック。元気でいてくれ。どこにいても、お前の幸せを祈ってる」

自分の言葉に強い既視感を覚える。脱獄していくディックに向かって、ユウトは同じ言葉を口にしたのだ。あの時は微笑《ほほえ》んでディックを見送った。けれど今は笑顔などつくれない。ディックの顔さえ見ることができない。

身を切られるような思いでドアを開けようとしたその時、背中に強い衝撃を感じた。

一瞬、何が起こったのかわからなかった。だが後ろからディックに抱き締められていることを理解した途端、目の前のドアがにじんだ。

「ディック……?」

力強い腕が自分を引き止めている。強い抱擁《ほうよう》に閉じこめられ、身動きもできない。

「ディック、どうして……」

ユウトの両眼から涙がこぼれ落ちた。ディックは何も言ってくれない。ただ喘《あえ》ぐような吐息が頬《ほお》をかすめていくだけだ。

不意に身体を返され、今度は向き合う形で抱き締められた。大きな胸に包み込まれ、ユウトの涙はますます止まらなくなる。

ユウトは頭を上げ、ディックの顔を見ようとした。けれどディックは顔を背けてしまう。何かを必死でこらえているような、苦しげな表情だった。

腕を伸ばし、指先でディックの頬をそっと撫《な》でた。ユウトが触れると、ディックはビクリと身体を震わせた。

躊躇いつつも、ディックの頬を両手で包み込んだ。ディックは深く息をしながら、目を伏せている。恐れているかのように、頑なにユウトの目を見ようとはしない。

「……ディック、俺を見てくれ」

囁《ささや》くように言って、ユウトはディックの眼鏡を奪った。それから整えられた前髪を手で優しく乱す。そうすることで、目の前の男が以前のディックに戻っていくような気がした。

「お願いだから、ちゃんと俺と目を合わせて」

懇願するとディックがようやく目を開いた。互いの吐息が触れ合うほどの距離で、ふたりの視線が絡み合う。揺れる青い瞳を見た瞬間、ユウトはそこにいるのが自分のよく知っている男であることを確信した。

これはシェルガー刑務所にいたディック・バーンフォードだ。あの頃のディックその人だ。

「ユウト……。お前はいつも俺の心を砕く。どうしてなんだ……」

絞り出すような声で呟《つぶや》くと、ディックは何かを確認するように、ユウトの顔に指先を滑らせた。額からこめかみに、鼻筋から唇に。目の見えない人間が手で触れることで相手を確かめるような、たどたどしい動きだった。

「お前に会ったらきっと決心が鈍る。わかっていたから会いたくなかったのに」

「……ディック。俺を憎んでないのか？」

　ＦＢＩ捜査官になった自分を、ディックは許してくれるのだろうか。どうしてもそのことを知りたくて、聞かずにはいられなかった。

「お前を憎めるはずがない。たとえお前に殺されたって、俺はお前を憎んだりしない」

　胸の奥から熱いものが込み上げてくる。それは歓喜となって瞬く間に全身を駆けめぐり、ユウトにまたあらたな涙を流させた。

「ディック……、ずっと会いたかった。別れてからもずっとお前のことを考えていた。今何を思っているのか、今どこで何をしているのか……。それだけ、ずっと……ずっと……」

　シェルガー刑務所で抱き合った時に、ディックの魂の一部が自分の中に紛れ込んでしまったのではないか。そう思えるほどの、理屈ではないただ純粋で盲目的な愛執だった。

「俺は反対だ。お前のことを思い出さないようにしていた。お前を思うと気持ちが乱れて、前に進めなくなる。必死でお前のことを忘れようとしていたんだ」

　それは裏を返せば、ディックもまたユウトと同じ気持ちでいたという事実に他ならない。自分だけではなかった。ふたり一緒にこの苦しい気持ちを、遠く離れた場所で分かち合ってきたのだ。

　ユウトはディックの手を握り、大きな手のひらに自分の頬を押し当てた。温《ぬく》もりが嬉しくて、ディックの手に何度もキスを繰り返した。ディックもユウトを抱き締め、熱い吐息で頬や耳朶《じだ》を甘く嬲《なぶ》っていく。

キスさえ交わしていないのに、息だけがどんどん乱れてしまう。まるでクライマックスの瞬間のように興奮と高揚感に包まれ、平静ではいられなくなっていく。

ディックが腰を強く押しつけてきた。欲情の塊がそこにある。ズボンの下ですでに形を変えたそれは、ユウトが欲しいと雄弁に物語っていた。ユウトにしても同じだった。ディックが欲しい。心の底からそう思う。だが、心のままに求めていいのかわからない。

このまま欲望に流されてもいいのだろうか。これからのことを考えると、何もせず別れたほうがいいのではないかとも思う。今は辛《つら》くても、そのほうが後から苦しまずにすむ。

だけど、やっと会えたのに。やっとディックが自分を見てくれたのに――。

「ディック、どうすればいいんだ……。俺たちは、これからどうしたら……」

熱を帯びていく身体を持てあましながら、ユウトは切なく訴えた。

「もうどうしようもないだろ。俺がこのままお前を帰すとでも思っているのか?」

ディックが微笑んだ。諦《あきら》めと熱情が混ざり合う複雑な笑顔だったが、それは再会してから初めて見せてくれた優しい顔だった。

「今だけすべて忘れよう。互いの立場も仕事も、これからしなくちゃいけないことも。今だけはみんな忘れて……」

今だけ。この瞬間だけ。仕方ないとわかっていても、胸が苦しくなる。

あの時と同じだった。刑務所の中で抱き合ったあの時。状況は違っても、まったく同じことなのだ。

限られた時間と空間の中でしか、自分たちは愛し合うことができないのだろうか。その先の約束を交わすことは、許されないのだろうか。

「嫌か？　ユウト」

嫌だと言いたい。今だけ求め合って、また離ればなれになる。繋がった糸が再び途切れてしまう。そんな虚《むな》しい関係なら欲しくない。けれどそれは我《わ》が儘《まま》なのだ。ディックの進もうとしている道を遮る権利は、ユウトにはないのだから。

ユウトはやりきれない思いでディックの胸に頭を預けた。

「ユウト？」

「……俺だって帰れるわけない。こんな気持ちのまま、お前と別れられないよ」

ディックがユウトの身体を勢いよく抱き上げた。ユウトは胸を詰まらせながら、ディックの首に強く両腕を回した。

ベッドに降ろされたかと思うと、すぐさまディックが覆い被さってきた。ディックの熱い舌が唇を割って深く侵入してくる。ユウトは夢中でキスに応じた。ディックの情熱的な口づけは甘い毒となって肉体の隅々にまで行き渡り、ユウトの全身を痺《しび》れさせていく。なけなしの理性など、とっくに蒸発して消えてしまっていた。

思考は必要なかった。ただ本能に支配された獣のように、無心で互いを求め合う。余計なことは考えず、解き放った欲望に身を任せ続ける。

ディックはユウトの身体から衣服を奪うと、露《あら》わになった肌を飢えた獣のように熱い手でまさぐり始めた。どこに触れられても甘い疼《うず》きしか感じない。もみくちゃになって乱れていくシーツの上で、ユウトは切なく身体を震わせた。

途中でディックも荒々しくスーツを脱ぎ捨て、素肌を重ねてきた。しっとり合わさる肌の心地よい感覚に、ユウトは恍惚《こうこつ》となってディックの背中を抱き締めた。

「ディック……、ディック……」

譫言《うわごと》のように名前を呼ぶたび、ディックがキスを与えてくれる。互いの下腹部では固くなった欲望の証が揺れていた。擦れ合うたび先走りがあふれるほど高ぶっているのに、どちらも手を伸ばして直接的な愛撫《あいぶ》を与えようとはしない。達してしまえばこの興奮が終わってしまう。ふたりともそんなことを恐れているのだ。

大きく足を開かされた状態で、ディックに腿の内側を扇情的に撫でられた。足のつけ根のあたりから、際どい部分を何度も何度も。同時に胸のふたつの尖《とが》りを交互に舐《な》められ、ユウトは漏れそうになる声を必死で嚙《か》み殺した。

触れそうで触れない指先がもどかしい。執拗《しつよう》な胸への愛撫に、股間の熱も解放を求めてますます高まっていく。そこに刺激を受けていないのに、今にも達してしまいそうだった。

張り詰めたペニスが痛い。そこに大きな傷口があるのかと思うほど、ジンジンと疼いてたまらなかった。ユウトはあふれる雫《しずく》で根本まで濡《ぬ》れそぼっている自分の分身を、こらえきれずディックの腰に擦りつけた。

「ディック、もう……っ」

ユウトの腰がシーツから浮き上がり、ディックを誘うように淫《みだ》らに揺れる。自分の意志とは関係なく、勝手に動いてしまうのだ。

「もう達《い》きたいのか？　我慢できない？」

ディックの囁きに頷きを返す。ディックの指がユウトの濡れたペニスに絡みつく。軽く扱《しご》かれただけで射精しそうになり、ユウトは声もなく身悶《みもだ》えた。

「もう出る……」

「駄目だ。もう少し我慢して」

ディックが身体をずらし、ユウトの下腹部に顔を埋めた。

「ディック、違う……、早く一緒に……」

「もっとお前を味わってからだ」

早くひとつになりたいというユウトの願いは聞き入れられず、ディックは口戯に没頭し始めた。根本をきつく握られ、射精を遮られたまま、火傷《やけど》しそうに熱い口腔に深く呑み込まれる。

「あ……、や……っ」

ディックの唇が激しく上下するたび、押し広げられた腿の筋肉が引きつるように痙攣《けいれん》した。高まる射精感に思わずディックの頭を押しのけようとしたが、逆に両手を掴まれシーツに縫い止められてしまう。

ユウトは背筋を反らせながら、何度も首を打ち振った。強すぎる快感が苦しくて、涙がにじんでくる。激しいフェラチオになすすべもないユウトは、甘い声を漏らし続けた。

「ん……はぁ……、ディック……、お願いだから、そんなに……嫌だ……」

一方的に達かされたくないと思いながらも、身体はユウトの意識の支配下を離れ、ディックの愛撫に従属しきっていた。

舌で先端をこじ開けられ、根本まで深くしゃぶられる。湿った淫らな音に耳まで犯されていく。気がつけばディックの口の動きに合わせて、腰が小刻みな律動を繰り返していた。そんな自分が恥ずかしいのに、もうどうしようもない。快感と羞恥《しゅうち》と興奮がない交ぜになってユウトを襲い、ひたすら極みへと駆り立てていくのだ。

「あ……もう、駄目だ……ディック……っ」

ディックがやっと指の力を抜いてくれた。意識が飛ぶような激しい快感の中で、ユウトはディックの口に白濁を解き放った。頭が真っ白になって、全身が弛緩する。

ディックが激しく上下するユウトの胸を愛撫しながら囁いた。

「ユウト、まだだぞ。本番はこれからだ」

情欲をにじませたディックの低い声に、背筋がぞくりとした。ディックの熱い手で脇を撫で上げられると、果てたばかりなのにまた官能的な気分になってくる。

「俺にもさせてくれ」

高ぶったままのディックのペニスに手を伸ばそうとしたが、やんわり押し止められた。

「俺は後でいい」

不意にディックが身体を起こして、電話の受話器を持ち上げた。ユウトは息を整えながら、どこに電話するのだろうかと、ディックの唇をぼんやり見ていた。

「……チーズピザを頼む。悪いが、オリーブオイルを瓶ごとつけてくれ。ああ、よろしく」

ルームサービスへの注文だった。電話を切ったディックがまた身体を重ねてくる。ユウトはディックの重みに幸せを感じながら、微笑んで鼻先に軽くキスをした。

「本番の前に腹ごしらえ?」

「まさか。お前を食べるのに夢中で、食事を取る余裕なんてあるはずないだろう」

「じゃあ、なぜピザなんか……?」

ディックはユウトの艶《つや》やかな黒髪を愛《いと》おしそうにかき上げ、苦笑気味に溜《た》め息《いき》をついた。

「まったくお前って奴は。あんまり可愛いことを言って俺を喜ばせるな。ピザが欲しいんじゃない。必要なのはオイルだよ」

「あ……」

ようやくディックの目的を理解したユウトは、自分の鈍さを恥じて顔を赤らめた。

「ひと瓶じゃ足りないかもしれないな」

からかうように言って、ディックが耳朶に優しく歯を立ててくる。

「たっぷりオイルを振りかけて、お前をとことん味わってやる。覚悟しろよ」

「ディック……っ」

くすぐったくて厚い胸板を押しやったが、ディックの身体はびくともしない。図に乗ったディックが脇腹やヘソのあたりまでくすぐりだし、ユウトは息も絶え絶えになりつつ、ベッドの上でじたばたと大暴れした。

「もうやめろって……っ、馬鹿ディック、あ、くそ……っ」

体重差がありすぎて逃げ出せない。ユウトは悔し紛れにディックの二の腕に、歯形がつくほど嚙みついてやった。

「こら。嚙みつくのは反則だぞ」

「知るか。ディックが悪いんだろう」

怒って言い返すと、ディックは呆《あき》れた顔で「相変わらずだな」と片方の眉を吊《つ》り上げた。

「お前の負けず嫌いは筋金入りだ」

「ディックの意地の悪いところもな」

フンと鼻息を飛ばすと、ディックはやれやれというふうに首を振ってユウトを抱き締めた。

「もう仲直りしよう。俺が悪かった」

「わかればいいいんだ」

ユウトの上に乗ったまま、ディックが枕に頭を落として笑っている。ユウトもつられて笑い、その後で軽いキスを何度も繰り返した。

「……きれいなベッドの上でお前を抱けるなんて、夢のようだ」

その言葉にユウトも思い出した。段ボールを敷いた上で抱き合った後、ディックが悔しそうに言ったのだ。初めてユウトを抱く場所は、きれいにベッドメイクされた、大きなベッドの上がよかったと。

このささやかな幸せが愛おしい。今だけだとわかるから、愛おしくてならない。

この部屋を出たら、また離ればなれになるのだ。たとえどこかですれ違っても、他人のふりをして通り過ぎるしかない。

胸に忍び込んでくるやるせなさを振り払い、ユウトはディックの髪に指を絡めた。この色もディックには似合っているが、やはり眩《まばゆ》いばかりの金髪のほうが何倍も好きだ。

「傷、きれいに治ったんだな」

傷があった額のあたりを指で辿《たど》る。わずかに赤みがかっているが、ほとんどわからないほどきれいな状態だった。

「脱獄した後、目立つ特徴があるとまずいからって、無理やり病院に放り込まれたんだ」

「……ディック。ひとつだけ聞いてもいいか？」

ユウトの暗い声に、ディックが表情を曇らせる。

「コルブスのことなら何も言えない」

「わかってる。そうじゃなくて……。今日一緒にいたジェシカって人。彼女とは……その、なんていうか、もう……？」

「もう？　もうなんだ？」

ディックが真面目《まじめ》な顔で聞き返してくる。ユウトは気まずい思いで視線をそらした。

「だから、彼女とはもう寝たのかって聞いてるんだよ。すごく仲がよさそうだった」

「なんだ、ヤキモチか？」

「違……っ。——違わない。そうだよ」

否定したところで丸わかりだと思い、ユウトは渋々認めた。ディックはユウトの髪を撫でながら、「まだだよ」と囁いた。

「だが必要ならそうする。彼女は重要な情報源だからな」

「そうか」

内心では動揺していたが、ユウトは平静を装って物分かりのいい男を演じた。嫉妬《しっと》している

ことは知られても構わないが、余計な口出しまではできない。そういう立場ではないのだ。

「でもな」

ディックがユウトの首筋に鼻先を埋めて、楽しそうな顔で呟いた。

「多分、その任務には失敗する。俺の息子は女相手じゃ、まったく役に立たないからな」

ユウトが笑みをこぼすと、ディックは鎖骨のあたりにキスしながら逆に質問してきた。

「お前こそ、あの男とはどういう関係なんだ?」

「あの男って、もしかしてロブのこと?」

「そうだ。高名な学者だか知らないが、スケベそうな顔をした男だった」

「ひどいな。彼はいい奴だよ。俺の捜査に協力してくれているんだ。知り合ったばかりだけど、とても協力的ですごく助けられている」

ユウトがロブを褒めると、ディックの表情は険しくなった。

「でもあの男はゲイだろう? お前、言い寄られてないのか?」

驚いてユウトは「どうしてわかったんだ?」と聞き返してしまった。するとディックの顔がさらに不機嫌になった。

「やっぱり口説《くど》かれてるのか」

「そっちじゃなくて、ロブがゲイだってこと。見ただけでわかるのか?」

「なんとなくな。ジェシカを見る目がやけに冷たかった。女好きの男なら、あれだけの美人を前にするとどれだけ紳士ぶっていても、ついやに下がってしまうものだ」

　ユウトの目にはロブの態度が十分愛想のいいものとして映っていたので、ディックの観察眼には本気で驚かされた。

「けどお前こそ、なんだってあいつがゲイだって知っているんだ。あいつ、知り合ったばかりのお前に、いきなりカミングアウトしてきたのか？」

「それは……」

　出会っていきなりゲイバーに連れていかれ、その上、キスされたとは言えなかった。

「迫られたんだな。くそ、あの野郎っ」

　本気で怒っているディックが不思議だった。

「ディックもヤキモチ？　らしくないな」

「どうして？　俺はこう見えて、嫉妬深い男だぞ。お前が知らないだけだ」

「そうは見えないけど」

　まだ機嫌の悪いディックを宥《なだ》めるように、ユウトは長い指に自分の指を絡ませた。

「ムショでも嫉妬してただろう」

「誰にっ？」

　意外な告白に、ユウトは思わず大きな声を上げてしまった。

「ネトだよ。お前がネトのおかげで独房暮らしも悪くなかったなんて言うから、俺は苛々《いらいら》したもんだ」

「悪くなかったなんて、言わなかったと思うけど。……でも本当に？　ネトのこと気にしてたなんて、全然気づかなかった」

「お前が鈍すぎるんだ」

「そんなことないだろう。ディックこそ、感情を表に出さなすぎるんだよ」

そうは言ったものの、よくよく考えると思い当たる節があった。独房を出てすぐユウトが熱で寝込んだ時、ディックはネトの名前を自分から口にしたが、確かに怒っているようにも見えた。あれが嫉妬だったとは、今の今まで気づきもしなかった。

「ネトは友達だ。すごく好きだけど、友情以上のものは感じない」

「ああ。わかってる。ただのつまらないヤキモチだから、気にするな」

「LAでネトに会いに行っただろ」

殺されたジム・フェイバーのことが頭に浮かんだ。ディックの仕業なのか気になったが、聞けばこのひとときの幸せが吹き飛んでしまいそうで、言い出せなかった。

「……あの時、俺から逃げたけど、そんなに会いたくなかったのか？」

今さら聞くなんて女々しいと思ったが、つい恨み言めいた言葉がこぼれてしまった。

「そりゃ逃げるさ。お前に会ったらこうなるとわかっていたからな。俺はお前が怖いんだ」

「怖い？」

思いもしない言葉にユウトは驚いた。怖いという言葉ほどディックに似合わないものはない。

「ああ。お前は俺にとって一番危険な存在だからな」

どういう意味なのか聞き返そうとした時、ドアをノックする音が響いた。ルームサービスが来たらしい。

ディックはバスローブ姿で応対に出て、ピザとオリーブオイルが載ったトレイを手にして戻ってきた。テーブルの上にトレイを置くとピザには目もくれないで、オリーブオイルの小瓶だけを持ってユウトに近づいてくる。

「俯《うつぶ》せになって」

ディックは蓋《ふた》を開けながら、ベッドの端に腰を下ろした。ユウトは素直に俯せになり、無防備な背中をディックに向けた。冷たいオイルが腰から下にたっぷり垂らされ、身体がビクッと震える。

「冷たいか？　すぐ温めてやるから我慢しろ」

ディックの手が優しくマッサージするように、ユウトの双丘を揉《も》みほぐしていく。ユウトは心地よさと同じだけの羞恥に包まれながら、ひたすら枕を抱きかかえた。

ディックの指が割れ目を行き来している。敏感な部分をそっと撫でられるたび、反射的に力が入ってしまうが、ディックは我慢強くユウトの緊張が解けるのを待ってくれた。

ユウトがリラックスし始めると、ディックもベッドに身体を横たえた。横臥《おうが》状態で抱き合って、下肢を丹念に愛撫される。ユウトは上になったほうの足をディックの腰に預け、甘い吐息を漏らし続けた。

とろけるような甘いキスを与えながら、ディックがそこに指を差し込んできた。固く閉じた窄《すぼ》まりはすっかり綻《ほころ》んで、ディックの長い指を根本まで柔らかく呑み込んだ。

「痛くないか?」

「大丈夫……。平気だから……」

指が二本に増えても痛みはまったくなかった。それどころか身体の内側を擦り上げられる感覚が、次第に心地よく思えてくる。

「辛かったら言えよ。すぐやめる」

自分を気づかってくれるディックの優しさが嬉しい。いつもそうだ。ディックは冷たい顔をしながら、自分のことを心から思いやってくれている。本当は愛情深い男なのだ。

優しい男なのに、今は復讐《ふくしゅう》のためだけに生きているという現実が、ユウトを胸苦しくさせる。あふれる優しさを閉じこめ、非情を貫こうとするディックが悲しかった。もっと楽な生き方を選んで欲しいと願わずにはいられない。

友情でも同情で愛情でも、もうなんでもよかった。湧き上がるこの愛おしさに名前など必要ない。ただ自分はディックという男が好きなのだ。誰よりも好きだから、誰よりも幸せになって欲しいと願っている。祈るように強く願っている。

「あ……、ふ……っ」

二本の指が内壁の一部を強く押し上げてきた。震えるような深い快感が湧いてきて、ユウトは小さく首を振った。

「そこは、いやだ……、ん……っ」

「いいの間違いだろ。こんなにとろけて、俺の拳ごと呑み込めそうだぞ。試してみるか?」

「変なこと言うな……っ」

ユウトは身体を反転させ、ディックに背を向けた。

「おい、怒ったのか? 今のは冗談だぞ」

急に背中を向けられ、珍しくディックが口早に言い訳してきた。慌てるディックが可笑《おか》しくて、ユウトはシーツに頬を押し当てたまま微笑んだ。

「怒ったんじゃない。……早く来てくれって誘ってるんだ。それくらいわかれよな」

ディックがホッとしたように、背中から抱き締めてくる。

「……力抜いてろ」

ディックの囁きに応じ、受け入れやすいように俯せになって足を開き、少しだけ腰を上げる。熱いペニスが濡れた肉を押し開いて、ゆっくりと深いところまで入ってきた。

「あ……っ」

痛みはそれほどではないが、指とは段違いの質量のものに息が止まりそうになる。

「動いてもいいか。まだ無理そうか？」

「いい、動いて……、もっとお前を、感じさせてくれ」

長い時間、お預けを食らったままだったディックの雄は、やっと目的の場所に迎え入れられ、歓喜しているようだった。一瞬も止まらない力強い抽挿で、ユウトの狭い器官を果敢に責め立ててくる。

ディックはユウトの腰を持ち上げると、四つん這《ば》いの体勢を取らせ、深いインサートを開始した。奥まで一気に突き入れ、ゆっくりと引き抜く。何度も繰り返され、次第にユウトの上体が崩れてきた。最後にはシーツに頬を落とし、腰だけを突き出す恥ずかしい格好でディックの挿入を受けとめる形になった。

「ユウト……、ユウト……っ」

ディックが腰を動かしながら、かすれた声で何度もユウトの名前を呼ぶ。

普段クールな男が夢中になって自分を貪《むさぼ》っている。そのことが嬉しくてならない。もっと溺《おぼ》れて欲しい。自分だけに溺れて、狂って欲しいとまで思う。

「ディック、いい……、もっと……っ、もっと奥まで……っ」

激しすぎる行為が苦しいのに、ディックを煽《あお》りたくて誘いの言葉を口にしていた。

「もっと？　いいのか、ユウト。これ以上したら、お前を壊してしまうぞ」

「いいんだ。俺を壊して……、お前が壊してくれ……」

動きを止めたディックに焦れて、ユウトは自ら淫らに腰を使い始めた。熟れた後孔が濡れた音を響かせながら、ディックのたくましいペニスを貪っている。

「早く……突いてくれ……、お前が欲しいんだ……お願いだから、ディック……」

啜《すす》り泣いてストレートに懇願する。今は何も考えられないほど、激しく求められたかった。ふたりして本能のままに、どこまでも堕ちていってしまいたい。

「ユウト……可愛い俺のユウト……」

ディックは両手でユウトの腰をしっかり固定すると、激しい抽挿を再開した。強く揺さぶられて目眩《めまい》がする。歯を食いしばっていないと、舌を噛みそうだ。

快感と苦痛が混ざり合って、自分が今何を感じているのかさえわからなくなってくる。けれど心から幸せだと思った。ただディックに求められている。ひとつになっている。その現実があるだけで満足だった。

「ん……っ」

ディックの呻き声が聞こえた。愛しい男が達したことを知った瞬間、ユウトは満ち足りた思いに包まれながら、意識を手放していた。

12

「――ユウト、ユウト」

頬を何度も叩《たた》かれる感覚で、ユウトは意識を取り戻した。目を開くと心配そうな表情のディックが上から覗《のぞ》き込んでいた。

「大丈夫か？」

「……俺は？」

状況が把握できなくて、ユウトはぼんやりディックの顔を見つめた。

「気を失ったんだ。すまん。無茶しすぎた」

ディックが悄然《しょうぜん》とした様子でユウトの額にキスを落とす。

「そうか……。でもディックのせいじゃない。俺が煽ったんだから」

「だとしても俺が馬鹿だった。いくら興奮していたからって、セーブもできなくなるなんて」

本気で落ち込んでいる姿が可愛くて、甘酸っぱい気分になる。ユウトは気怠《けだる》い腕を上げ、ディックの頭を胸に抱きかかえた。

「俺は嬉しかった。ディックが我を忘れるほど、俺に夢中になってくれて……」

ユウトの首筋に鼻先を埋めながら、ディックは「穴埋めさせてくれ」と囁いた。

「穴埋め？」

「ああ。お前は遂げなかっただろう。今度は優しくするから……。いいか？」

二度目の誘いを拒む理由などない。ユウトが微笑んで頷こうとした時、どこかで携帯の着信音が鳴り響いた。

「俺の携帯だ」

ディックが起きあがって、ライティングデスクの上に置いてあった自分の携帯を摑んだ。

「……やあ、ジェシカ？」

そのひとことにユウトの身体は強ばった。

「ああ、いや。……そうか。わかった。……ありがとう。後から行くよ」

電話を切ったディックの表情は硬かった。ユウトは直感した。

現実に帰る時が来てしまったらしい。ショータイムはここで終了。幸せな夜の幕引きだ。

「ユウト」

「わかってる」

ユウトは身体を起こして、ベッドから下りた。

「シャワーを使う時間くらいはあるか？」

「ああ。……ユウト、すまない。ジェシカがホテルのバーでイーガンと飲んでるから、来ないかって誘ってきたんだ」

ディックの標的はイーガンだ。親しくなるチャンスをみすみす逃すはずがない。

「俺に説明しなくていい。シャワーは五分ですますから」

ユウトは裸のまま浴室に向かい、熱い湯で情事の名残をきれいに洗い流した。

悲しいはずなのに、心が渇いて何も感じない。機械的に身体を拭いて部屋に戻ると、着替えをすませたディックがベッドに腰かけて待っていた。ユウトのスーツはディックの手でハンガーに掛けられている。

準備が整うと、ディックはユウトと一緒に部屋を出た。重苦しい空気に支配され、どちらも相手の目を見ようとしない。

「俺は上に行くから、お前が先に乗れ」

ディックがエレベーターのボタンを押してユウトを促した。ユウトは下に降りるエレベーターにひとり乗り込み、一階のボタンを押した。

——本当にこれで終わりなのか。これきりなのか？

扉が閉まりかけた瞬間、ユウトの指はオープンのボタンを押していた。このまま別れたくない。何か言いたい。そんな衝動に囚われたからだ。

再びドアが開き、エレベーターの中と外でふたりは見つめ合った。

「……ディック。もし、もし俺が、ＦＢＩを辞めて、お前の手助けをしたいと言ったら、お前はどう答える？」

ディックは感情の読めない顔で立ち尽くしている。ユウトは身じろぎもせず答えを待った。

咄嗟《とっさ》に飛び出たのは自分でも思いも寄らない言葉だったが、もし万が一、ディックがそれを望むなら、自分の人生を彼に与えてもいいと本気で思った。ディックが共に生きてくれと言うなら、何を捨てても構わないと心から思った。

「お前にはできないよ」

ディックが薄く微笑んだ。どこか寂しさを感じさせる笑みだった。

「お前には俺のような生き方はできない」

「そんなことはない。俺は、お前が望むなら、どんなことでも……っ」

ディックが一歩踏みだし、ユウトの頰を愛しげに撫でた。

「お前はそんな人間じゃない。自分のことだけ考えて身勝手に生きられる人間なら、あの時、俺が一緒に脱獄しようと誘った時に迷わずついてきたはずだ」

「ディック……」

「お前は間違ったことをして平気な人間じゃないし、捜査官としてのプライドも持っている。FBIに入るきっかけが俺だったとしても、与えられた仕事は放り出せないだろう？　人として男として、まっすぐに生きようとするお前を、俺は心から尊敬しているんだ。だからこんな俺のために、何ひとつ捨てることはない」

「だけど、ディック……俺は、お前を……」

呼吸が苦しくなり、言葉が途切れる。ユウトは頬に添えられたディックの手を掴んだ。

その時、廊下の向こうから複数の人間が歩いてくる気配がした。

「人が来た。もう行け」

ディックは短く囁いて、ユウトから身体を離した。

「……俺とお前は、ここから先は敵同士だ」

澄んだ瞳でディックが宣言する。

「ディック……」

「違う目的で同じ獲物を追っている以上、当然だろう？　けどそれは立場の問題で、別に俺とお前が憎しみ合う必要はない」

事務的な言い方が切なかった。いっそ憎むと言われたほうが、よかったかもしれない。

ユウトは打ちひしがれた思いで、ボタンを押さえていた指を放した。

扉がゆっくりと閉まり、ディックの姿が見えなくなる。

「……っ」

ユウトは降下していくエレベーターの壁を叩き、手で強く口を塞《ふさ》いだ。そうしないと、意味のない叫び声が漏れそうだった。

狭い箱の中に、誰も聞くことのない小さな嗚咽《おえつ》がこぼれ落ちた。

自分のホテルに戻ってフロントに立ち寄ると、「鍵は同室の方にお渡ししました」と言われ、すでにロブが帰ってきていることを知った。

ロビーのトイレに入って、鏡で自分の顔が変でないか確認した。少し目元が赤いがこれくらいなら大丈夫だろうと、ユウトは部屋に向かった。

ドアをノックすると、ネクタイを外したワイシャツ姿のロブが現れた。

「お帰り。出かけていたんだね」

「うん。ロブは早かったんだな。もっと遅くなると思ってたのに」

「適当に切り上げてきたよ。あいつらとまともにつき合っていたら朝になる」

ハンガーに上着を掛け、ユウトはベッドに腰を下ろした。ロブはなぜか壁に背中を預け、腕組みしてユウトを眺めている。

「……何?」

「いや。疲れた顔してるなと思って」

「そうかな」

ユウトは苦笑を浮かべて右手で顔を撫でた。ロブが歩いてきて、ユウトのすぐ隣に座った。

「ディックと会えたんだね」

心臓がキュッと縮まるような衝撃を受け、ユウトの肩がかすかに揺れた。

「今日会ったスティーブ・ミュラーが、君の捜していたディックなんだろう?」

「どうして……?」

呆然とロブを見返しながら、ユウトは不安を隠すように手のひらを握り締めた。

「彼を見ていた時の君の表情でピンときた。まるで生き別れた双子の兄でも見るような顔をしてたからね。……ちゃんと会って、自分の気持ちを確認できたのかい?」

「ロブ……」

問い詰めるのではなく、いたわるようなロブの優しい声に、ユウトの感情は呆気なく崩れた。すべて知っているロブの前では、取り繕わなくてもいいのだという、大きな安堵を覚えたせいかもしれない。

「どうしたの? そんな泣きそうな顔して。もしかして、ディックに冷たく追い返された?」

「違う……そうじゃない、最初は拒絶されたけど、それはディックも辛かったからで、俺と、同じ気持ちでいてくれたって、それが、わかったから、俺は――」

気持ちが乱れて上手《うま》く話せない。まだ今夜あったことを冷静に咀嚼《そしやく》できていないのだ。

ロブは興奮するユウトを宥めるように、背中を何度も撫でた。

「ゆっくりでいいよ。言葉なんて選ばなくていいから」

次第に気持ちが落ち着いてきて、ユウトは深く深呼吸した。話すことで自分の気持ちも整理できるかもしれない。そう思い、再確認したディックへの気持ちをロブに語り始めた。

「彼を前にしたら、頭が真っ白になって何も考えられなくなった。思い込みでも勘違いでもない、俺はやっぱり彼が好きだ。ディックを愛してる……」

「君がそう結論を出したなら、俺ももう余計なことは言わないよ」

ロブの手が、ユウトの乾ききっていない髪を撫でた。

「シャワーを浴びてきたってことは、彼と幸せな時間を過ごせたんだね」

「……だけど、余計辛くなった気がする。好きだって確認できても、俺たちの関係はどうにもならないんだ。俺はコルブスを逮捕しようとして、ディックは奴を殺そうとしている。敵も同然だよ」

ロブはユウトの横顔をじっと眺め、「思うんだけどね」とあらたまった口調で話しだした。

「今のユウトはとても中途半端な気がするんだ」

「え……？」

「この際だから、ちょっと嫌なことを言わせてもらうよ。いいかい？」

ユウトは頷いた。ロブが何を言いたいのか知りたかった。それが耳に痛いことでも構わない。

「君はディックにもう一度会いたいという気持ちから、ＦＢＩに入った。もちろん、だからといって適当に仕事はしていないし、真剣に捜査していることもわかってるよ。でも、心のどこかでディックの邪魔をしたくないと考えてないか？」

「それは……」

「今の君はディックへのシンパシーが強すぎて、彼の気持ちに引き摺《ず》られている。仲間を殺した相手に復讐したいと思う彼の気持ちは、わからないでもない。だけど今の君はＦＢＩ捜査官だ。どんな理由があれ、殺人を認めちゃいけない。ディックのしようとしていることを、手放しで認めてはいけないんだ」

ユウトは戸惑いながら首を振った。

「俺は手放しで認めてない。ただディックの悔しい気持ちが理解できるだけで——」

「理解しても、賛同しちゃ駄目だよ。自分の手でディックの復讐を阻止してやるってくらいの気持ちを持たないと、これから先、君はずっと曖昧《あいまい》な気持ちで悩み続けることになる。個人の自分と捜査官の自分、ふたつの立場で心が揺れ続けるぞ」

ロブの言う通りだった。どこかでわかっていながら、その現実から目をそらしていたのだ。

自分のほうが先にコルブスを見つけて逮捕すれば、ディックの邪魔をしたことになる。だがそれはあくまでも結果論で、ディックの復讐を妨害するためにコルブスを逮捕するのではない。心の片隅にそんな言い訳じみた思いがあった。

「ディックと再会するという当初の目的は果たせた。これから君が何を目的に、どんな覚悟で捜査を続けていくのか、そのことを根本的に見直さないと、きっとどこかで行き詰まってしまうと思うな」

ユウトが考え込んでいると、ロブは「シャワーを浴びてくるよ」と立ち上がった。ひとりになったユウトは、ロブの言葉を反芻《はんすう》しながら考え続けた。

ＦＢＩに入ろうと思った出発点は、あくまでも個人的感情だった。だが実際に捜査をしていく中で、今はなんとしてもこの手でコルブスを追いつめ、逮捕したいと思い始めている。個人の自分と捜査官の自分。ロブの言う通り、これ以上、混同したままで捜査を続けていくのは危険だ。

ロブが寝入ってからもユウトはベッドの上に座り、暗い部屋で自分自身の心と向き合った。ずっとディックの一番の理解者でいたいと思っていたが、その気持ちの中に、ディックに嫌われるのが怖いという利己的な部分がまったくなかったとは言えない。憎まれたくない。疎まれたくない。そう願う気持ちが足枷《あしかせ》になっていた。

殺人を認めるわけではないが、ユウトは心のどこかでディックの願いを叶《かな》えさせてやりたいと思ってきたのだ。全身全霊をかけた彼の悲願を、自分に止める権利はないと思い込んでいた。ディックの幸せを願うことと、彼の復讐を認めることは本当にイコールなのか。コルブスを殺すことで、ディックは幸せになれるだろうか。

コルブスの息の根を止めた時、彼は一瞬、深い満足感を味わうだろう。達成感に酔いしれ、死んでいった仲間たちの無念を晴らせたと歓喜するかもしれない。

だが、そんな喜びなど長くは続かないはずだ。きっとそのことはディック自身にもわかっているだろう。彼は激情に駆られて動き回っているのではない。冷静に感情をコントロールしながら、淡々とコルブスを追い続けているのだ。そんな男が自分に訪れる未来を予想できないはずがない。

コルブスの命を奪った瞬間、彼は生きる目的を失うのだ。

生きる理由がなくなる——？

ユウトは空恐ろしいものを感じ、思わず両腕で自分の肩を抱き締めた。

普通、人が生きるのに理由など必要ないはずだ。皆、目的があって毎日を生きているのではない。ただ生があるから、人としての営みを続けている。そのことに疑問など感じない。それが当然のことだから。けれどディックには生きるための理由が必要なのだ。

ユウトはディックの心の闇を思った。彼は目の前で仲間と恋人を失った。コルブスが卑劣な方法で爆弾を仕掛け、建物もろとも吹き飛ばしてしまったからだ。

孤児として育ったディックが、長い孤独の果てにやっと得た家族同然の仲間。その中には人を愛することを教えてくれた、優しい年上の恋人もいた。

そんな大切な人たちが、一瞬で物言わぬ肉片と化してしまった。壮絶な光景を前にして、彼は何を思ったのか。愛する者たちの赤い血を見て、彼は何を……。

——いっそのこと、俺も一緒に死にたかったよ。

ディックの言葉がユウトの脳裏に浮かんできた。

自分だけが生き延びてしまった。そのことにディックは一番苦しんだのではないだろうか。だから自分の命を復讐に捧《ささ》げることで、どうにか今も生きていられる。

もしそうだとすれば、ディックはコルブスを殺した後、自分の命まで絶ってしまうかもしれない。使命を果たせたことに安堵しながら、仲間たちのところに行こうとするのではないか。

あくまでもユウトの推測に過ぎないが、十分に考えられることだった。ディックにとって、今の人生は執行猶予期間でしかない気がする。

コルブスだけではなく、ディックもまた深い闇の中にいるのだ。

カーテンの向こうが明るくなってきた。また新しい朝がやってくる。

生きている限り、何度でも夜は明けていくというのに、ディックの心には決して光が差し込まない。光を拒んだまま、彼は闇の中で足掻《あが》き苦しんでいる。

ユウトはベッドを下りて、窓際に立った。少しだけカーテンを開けて、薄紫に染まる明け方の空を見上げる。心が洗われるような美しい空だった。見ていると魂の汚れまで溶けて流れていきそうな気がする。

ビルの間から朝日が昇ってきた。生まれたての日射しがユウトを照らす。

この光がディックの心にまで届けばいいのに。

そんなことを思いながら、窓ガラスに額を押しつける。

ユウトは目を細めて新しい一日が始まる瞬間を、厳《おごそ》かな気持ちで見守り続けた。

13

「昨日は寝てないんだろう?」

ホテルのレストランで朝食を取っていると、ロブがベーコンを口に運びながら尋ねてきた。

「明け方、窓辺に立ってるのを見た。俺が変なことを言ったから、眠れなかった?」

「……ロブの言葉には感謝してる。いい機会だから、とことん考えてみようと思ったんだ」

ユウトはコーヒーカップを置くと、ロブに向かって微笑んだ。

「答えは出たのかい?」

「ああ。どうにかね」

ロブは「そうか」と頷いて食事を続けた。どんな答えを出したのか聞かないのは、ロブにもわかっているからだろう。今日のユウトは何かが吹っ切れたような、清々《すがすが》しい顔をしている。

「そういや昨日、軍需産業に詳しい友人から聞いたんだけどね。スミス・バックス・カンパニーのイーガン社長は、ジェネラル・マーズの社長の甥らしい。俺も知らなかったから驚いたよ」

「へえ。経営陣を同族で固めているのか」

「ついでにいえば、ジェネラル・マーズの社長の娘はビル・マニングの妻だ」

「マニングって、副大統領候補の？」

「ああ。さらにつけ加えると、マニングの一族は石油関係の家業で私腹を肥やしていて、中東諸国とも深い繋がりを持っている。当然、軍需産業とは切っても切れない仲だ」

政権の陰には、常に軍需産業と石油資本が存在すると囁かれている。特に政府と軍需企業の癒着は有名な話だ。肥大化した軍産複合体が、アメリカの他国への軍事介入を増加させていると指摘する者も多い。

ロブは周囲に目をやって、そばに他の客がいないのを確認してから切りだした。

「ユウト。俺にはやはりホワイトヘブンは、政府となんらかの関係があるように思えてならないんだ。それがどういう繋がりかは、まだ見当もつかないけどね。……イラン・コントラ事件を知ってるだろう？」

「ああ、もちろん。一九八〇年代に起きた政治スキャンダルだ」

アメリカ政府が当時戦争をしていた敵国のイランに密かに武器を売り、その収益をニカラグアの反政府組織、コントラに渡して武器を買わせていたことが発覚し、問題になった事件だ。

「アメリカは反共のコントラを支援していたが、そもそもコントラをつくったのはＣＩＡだ。ＣＩＡが彼らを徹底的に支援してゲリラ活動を行わせ、内戦が勃発《ぼっぱつ》した。口ではテロ撲滅なんてきれいごとを叫ぶアメリカ政府だけど、中南米の軍事クーデターの背後にはいつもＣＩＡの暗躍があった。テロはこの国のお家芸みたいなものさ」

ロブの言葉を聞きながら、ユウトはまた考え込んだ。ロブの言うことは間違っていない。過去、アメリカは確かに中南米に対して不当な政治的介入を行ってきた。だがホワイトヘブンのテロ対象はアメリカ国内だ。ホワイトヘブンが政治的陰謀と繋がっているとは考えにくい。

ユウトがその疑問を口にすると、ロブは皮肉な笑みを浮かべた。

「一九六二年に軍とＣＩＡによって提案された、ノースウッズ作戦を知ってるかい？　その作戦の中にはキューバへの軍事侵攻を正当化するため、アメリカ国内数か所でキューバ人の仕業に見せかけた爆弾テロを起こしたり、軍用機を民間機に仕立て空中で爆破させ、キューバに攻撃されたと発表する内容が含まれていた。ケネディ大統領が拒否して実行されなかったけど、アメリカのやらせ事件は他にいくらでもある。真珠湾攻撃もそうさ。アメリカは事前に日本軍の攻撃を知っていたのに阻止しなかった。国民の多くが戦争に反対していたせいで、アメリカは開戦できずにいたが、真珠湾攻撃の後、世論は一気に戦争賛成に傾いた」

「それは事実かどうか、確認できていない話だ」

ユウトは冷えてしまったコーヒーをひとくち飲み、ロブの次の言葉を待った。

「俺はアメリカ政府をまったく信用していない。彼らは世論を誘導するためなら、どんな卑劣なことでもやってのける連中さ」

「……だけどもしホワイトヘブンが政府と関係しているなら、ＣＩＡはなぜコルブスを始末しようとするんだ。ＣＩＡは政府の意志で動いているはずだ。矛盾しないか？」

「そこが謎だ。でもホワイトヘブンはただのカルト集団じゃない。それだけは確かだ」

隣の席に客がやって来たので、ロブはきな臭い話題を打ち切った。

食事が終わってレストランを出ようとした時、ロブが入り口そばの壁に掛けられたタペストリーの前で足を止めた。それは星座をモチーフにした洒落《しゃれ》たデザインのもので、ロブは「これ、いいね」と熱心に眺めていた。

「こういうの、部屋に欲しかったんだ」

「星座が好きなのか？」

「そういうわけじゃないけど、なんとなく神秘的でいいだろう？」

廊下に出てから、ユウトは子供の頃のことを思い出した。父親に買ってもらった天体望遠鏡にはまって、一時期熱心に空を眺めていたことがある。あの時はやたらと星座図鑑を見ていた。星座の由来になったギリシャ神話にまで、強い興味を持ったものだ。

そのことをユウトが話すと、ロブは「ギリシャ神話は面白いよね」と同意した。

「そういや烏座ってコルブスとも言うよな？　あれにも話があっただろ」

「ああ。カラスはもともと銀色の羽を持つ美しい鳥で、人の言葉を話せたんだ。だけど嘘をついてアポロンの怒りを買い、羽を黒く変えられ言葉も奪われた。その後、見せしめに釘《くぎ》を打たれて空に貼《は》り付けられたんだって」

「そうそう、それだ。カラスは昔から嫌われ者だな」

烏座は学名コルブス、またはコルウスと呼ばれる、トレミーの四十八星座のひとつだ。

「地味な星座だからよく知らないんだけど、どんな星があったっけ？」

「確かα星はアルキバといって、アラビア語でテントを意味する——」

何げなく答えかけたユウトは、自分自身の言葉に雷に打たれたような強い衝撃を受けた。

「α星だ、ロブ……」

「え？　α星って星座の中で一番明るい主星のことだろう？　それが何か？」

「コルブスの言った『α』だよっ。あれはアルキバのことだったんだ！」

ロブはまったく理解できないのか、キョトンとした顔で興奮するユウトを見ている。ユウトは説明するのが面倒になり、ロブの腕を引っ張って強引に歩きだした。

「おいおい、どこに行くんだ？」

「ビジネスセンター。一階にあっただろ」

ユウトはロビーの片隅に設けられたビジネスセンターに飛び込み、空いているパソコンの前に腰を下ろした。キーボードを叩いてインターネットで烏座を検索すると、大量のページがヒットした。その中のひとつに、カラスの絵を象《かたど》った星座の写真を載せているサイトがあった。

「これだ」

ユウトはパソコンに接続されたプリンターで画像を印刷して、ロブに手渡した。

「横にして見るんだ。あれと同じ形だろう？」

そのまま見るとカラスの頭が下にくる形で、星座は縦長の台形になる。けれど反時計回りに九十度回転させると、星座は連続爆破事件が起きた箇所を結んだ形と一致するのだ。

「本当だ。よく似てる。……すぐにあの地図と照らし合わせてみよう」

ロブもこの発見に興奮を隠せない様子だった。ふたりは急いで部屋に戻り、ファイルを開いて地図を取りだした。星座と並べてみると、確かにまったく同じ形をしている。

「すごいぞ、ユウト。本当にきれいに一致してる。ε星がミシガン、β星がフロリダ、γ星がモンタナ、δ星がユタ、η星がアリゾナ。コルブスは烏座の星の位置に従って、爆弾を仕掛けてきたんだ」

「最後に残ったα星は、この地図で見たらどこだろう？」

ロブは星座と照らし合わせながら同じ尺度になるよう、地図の上にマジックでα星の位置を書き込んだ。

「うん。大体、このあたりだな」

ユウトは絶句して地図を見つめた。よりによって最悪の場所だ。

「……コルブスの次の標的はニューヨークなのか」

ロブが印をつけたのは、ちょうどマンハッタンのあたりだった。

「多少のずれもあるだろうから、絶対とは言えないけど、ここなら最後の仕上げに相応《ふさわ》しい場所じゃないか？」

全米日系人博物館で見た大量のプラスチック爆弾を思いだして、ユウトはぞっとした。マンハッタンはアメリカでもっとも人口密度の高い大都市だ。全体が摩天楼に覆われ、ニューヨーク市民の八割がマンハッタンで仕事をしていると言われている。そんな場所で大爆発が起これば、一体どれだけの被害が出ることか。

「今からFBI本部に行って、ハイデンにこのことを知らせたほうが――」

ロブの言葉を遮るように、部屋の電話が鳴った。ユウトが受話器を取ると、フロントマンがロブに外線が入っていることを告げた。

電話に出たロブは戸惑った様子で相槌《あいづち》を打っていた。

「わかりました。ではホテルの前でお待ちしてます」

電話を切ると、ロブは解《げ》せないという顔つきでユウトに視線を投げた。

「誰からの電話?」

「イーガン社長の秘書だ。社長が話したいことがあるから、俺たちにホテルまで来て欲しいと言ってるそうだ。すぐ迎えの車をやるから待っててくれってさ」

「なんだろう。昨日の様子じゃ、もう話すことなんてないって態度だったのに」

「まあ、行ってみよう。イーガンと接触してマイナスにはならないだろう」

ふたりはしばらくしてから部屋を出た。ホテルの前の車寄せに立って待っていると、黒いスーツを着た男が近づいてきた。まだそう寒くもないのに、腕にトレンチコートをかけている。

「コナーズ博士ですか？」

背の高い鷲鼻《わしばな》の男はロブが頷くと、自分はスミス・バックス・カンパニーの人間だと名乗り、ふたりを通りに誘導した。

「申し訳ありません。うっかり通り過ぎてしまいまして、車は少し先に停めています」

男の態度は丁重だが、ユウトは胡散臭《うさんくさ》いものを感じた。社長の命令で客を迎えに来たのに、歩かせるのは腑に落ちない。普通ならどこかでUターンして戻り、ホテルの前に車を横付けするはずだ。

「あの車です」

男がハザードランプを点滅させて停車している、黒塗りのセダンを指さした。運転席には別の男が座っている。ユウトの嫌な予感はさらに高まった。

「どうぞ」

後部ドアを開けて、男が乗車を促す。なんの疑いもなく乗り込もうとしたロブを、ユウトは咄嗟に制止した。

「ロブ、乗るな」

「え？」

「……ホテルに忘れ物をしてきたので、ちょっと待っていてもらえませんか」

ユウトがロブの腕を掴んで後ろに引き戻した時、男の表情が一変した。にこやかな笑みが消え、刺すような鋭い目つきでふたりをにらみつけたのだ。

「ホテルには戻れない。黙って乗れ」

命令口調で言われ、ロブが「おい」と顔をしかめる。

「君、失礼じゃな――」

ロブの顔が凍りついた。男のトレンチコートの陰から、銃口が覗いている。

「さっさと車に乗るんだ。少しでも余計なことをしたら撃つぞ」

ユウトは軽く両手を挙げ、「わ、わかったよ」と答えた。

「大人しく乗るから、そんなものを向けないでくれ」

怯《おび》えたふりをしながら、ユウトは慌てて車に乗り込もうとした。だがそれは芝居で、車内へと上体を傾けた時、ユウトの手は背広の内側に差し込まれていた。

ショルダーホルスターから抜き取られたＳＩＧ・Ｐ２２６は、ユウトが素早く身体を反転させるのと同時に、男の心臓部分をしっかりと捕らえた。

胸に直接銃を当てられた男は、引きつった顔で息を呑んでいる。ユウトは銃口をグイグイ押しつけながら、左手でトレンチコートの下に潜った拳銃を奪い取った。それをズボンのベルトに差し込み、鋭く男を問い質《ただ》した。

「誰の命令だっ？　イーガンか？」

男は青ざめながらも、口を引き結んで黙っている。その時、ロブが運転席に目を向け「危ないっ」と叫んだ。

運転席の男がユウトめがけて引き金を引いたのだ。咄嗟に身体を伏せて難を免れたが、そのせいで捕まえていた男を車内へと逃がしてしまった。男はもう一挺拳銃を所持していたらしく、後部席の窓からユウトとロブめがけて立て続けに発砲してきた。

銃声が響き、周囲にいた通行人たちが悲鳴を上げて蹲《うずくま》る。こんな場所で銃撃戦を繰り広げれば、無関係の人間まで巻き添えになる。

ユウトはロブの腕を摑んで走りだした。車はタイヤを軋《きし》ませてユウトたちを追いかけてくる。

「ユウト、追いつかれるぞっ。どこかの建物の中に逃げ込んだほうが……っ」

「駄目だ、それじゃあ袋のネズミになる」

十字路に差しかかったユウトとロブは、そのままの勢いで交差点を渡ろうとした。ところがふたりの突進を遮るように白いセダンが割り込んできて、横断歩道の上で急停車した。

他に仲間がいたのか、とユウトが臍《ほぞ》をかんだ時、運転席の窓から黒いサングラスをかけた男が顔を出し、ふたりに大声で怒鳴った。

「車に乗れ！」

ユウトは思わぬ男の出現に瞠目《どうもく》した。

「ディック……？」

「何をしてるんだ、ユウトっ、早くしろっ」

それは紛れもなくディックだった。我に返ったユウトは後部席のドアを開け、ロブを押し込んだ。ユウトが乗り込んでドアを閉めるのと同時に、ディックは車を急発進させ、もの凄《すご》い勢いで街中を疾走し始めた。

「奴ら、追いかけてくるぞっ」

ロブが後ろを振り返って叫んだ。黒いセダンは赤信号も無視して猛追してくる。助手席の男が窓から身を乗りだした。

それを見たユウトは、全身でぶつかるようにしてロブの身体を押し倒した。その直後、背後から大きな衝撃音が響き、リアガラスに蜘蛛《くも》の巣のようなヒビが走った。

「あいつら本気だな」

ディックが忌々しそうに呟き、さらにアクセルを踏み込んだ。強引に車線を変更して猛スピードで危険な運転を続けるディックに、周囲の車が非難のクラクションを浴びせかけてくる。

「しっかり摑まってろ。あいつらを巻いたらＦＢＩまで送ってやるから」

「ディック、前……っ！」

ユウトはギョッとして叫んだ。青から赤に変わった交差点に突進しようとした時、右手から大型トレーラーが進入してきたのだ。

「ぶ、ぶつかるっ」

ロブも悲鳴を上げた。交差点を占領するトレーラーの車体が、ぐんぐん目の前に迫ってくる。

よけきれない……！

衝撃を覚悟して、ユウトは前の座席にしがみついた。だがディックはブレーキを踏むどころか逆に加速して、強引にトレーラーの前へと回り込んだ。車体が激しく揺れ、ユウトとロブは荷物のように後部シートで左右に転がった。

接触すれすれの際どい距離で、ディックはトレーラーを抜き去った。間一髪の神業だ。

「……は」

ロブが安堵の息を漏らした。後ろを振り返ると交差点内はトレーラーだけでなく、巻き込まれて玉突き事故を起こした他の車で大混雑だった。

あの様子では当分、どの車も動けないだろう。黒いセダンの姿もトレーラーに隠れてまったく見えなかった。今頃前にも進めず、後ろにも進めずで、悔しがっているに違いない。

「もう大丈夫そうだな」

ディックがようやくスピードを落とした。ロブは頭を振ってぼやくように言った。

「まさかDCでカーチェイスを体験するなんてな」

「……ディック。どうしてあそこにお前が現れたんだ」

タイミングよくディックが通りかかったおかげで助かったが、偶然にしてはできすぎだ。

「俺はあの黒いセダンを尾行していたんだ。まさか、お前たちを狙っていたとは思わなかった」

「さっきの奴ら、スミス・バックス・カンパニーの人間なのか？　そう名乗っていたけど」

ディックは「まったく無関係とは言えないな」という曖昧な言葉を口にした。

「だがお前らを狙ったのはイーガンじゃない。あの男にそこまでの度胸はない」

車はＦＢＩ本部に到着した。ユウトとロブは車から降りた。

「……ありがとう、ディック」

ディックはハンドルに手をかけたまま、サングラスを外した。

目が合うと、昨夜のことを思い出してやるせない気持ちになる。だが、今は個人の気持ちは表に出すまいと思った。

「気をつけて」

「お前もな。コルブスのひそんでいる闇を暴こうとすれば、危険はどんどん増していくぞ」

ユウトは頷いて、ディックの瞳を真正面から覗き込んだ。

「ディック。ひとつだけ言っておきたいことがある」

ちゃんと言っておかなければと思った。今しかチャンスはない。

「なんだ」

「――俺はお前より先に、コルブスを見つけてみせる。お前にコルブスを殺させない。俺が先に逮捕して、必ず奴に法の裁きを受けさせる」

その言葉を告げることに不安はあった。宣戦布告と思われても仕方のない言い方だ。

けれどユウトは決心したのだ。敵対するためではなく、ディックを思うからこそ、この手で

コルブスを捕まえる。ディックの手をコルブスの血で染めさせたりしない。

ここから先は私情を捨てて、あくまでもいち捜査官としてコルブスを追いかけていく。

「お前はお前の信じる道を進んでいけばいい」

ディックの瞳に怒りはなかった。寂しさも苛立ちも諦めも、何もない。

揺らがない青い瞳は、まるでこの世の果てにある湖のようだ。投げた小石は波紋ひとつ広げずに、音もなく水中へと吸い込まれていく。

ユウトがひと晩かけて答えを出したように、ディックもまた何かを決心したのかもしれない。

「俺はいつもお前が怖かった。お前だけが俺の心を不安にさせる。決心をぐらつかせる。でもやっと吹っ切れた。お前が自分の道を行くように、俺は俺の道を行くだけだ」

「ディック……」

ふたりを結ぶ糸はシェルガー刑務所で一度断ち切られ、二千八百マイル離れたこの街で奇しくも繋がり合った。そして今、再びその結び目が解けようとしている。

だが、それはふたりして決めたことだった。誰かに強制されたわけじゃない。自分たちの意志で決別を選んだのだ。

ユウトは胸の中でディックに語りかけた。

お前が孤独な闘いの中にいるのなら、俺もまた同じ孤独の中に飛び込んでいこうと思う。

お前が呪われたようにコルブスを追うというのなら、俺は祈るようにコルブスを追っていきたいと思う。それがたとえ、お前に憎まれる結果になるとしても——。

「ユウト。よく聞け」

ディックは言いながらハンドブレーキを解除した。

「慎重に動くんだ。やり方を間違えれば、コルブスをあぶり出す前に、お前たちが葬られる。奴らは相手がＦＢＩだろうが、これっぽっちも容赦しないぞ」

口早に忠告され、ユウトは思わず聞き返した。

「奴ら？　スミス・バックス・カンパニーのことか？」

ディックは「いや」と首を振り、再びサングラスをかけた。

「お前の本当の敵は、ホワイトハウスにいる化け物だ」

ホワイトハウス——？

ユウトが言葉を失った瞬間、ディックは車を急発車させた。

「ディック……っ」

見る見るうちにディックが遠ざかっていく。

ユウトは走り去る白いセダンの後ろ姿を、ただ呆然と見送るしかなかった。

あとがき

こんにちは。英田《あいだ》です。キャラ文庫さまでは二冊目の本になります。

本著は昨年の九月に発売されました「ＤＥＡＤＬＯＣＫ」の続編です。前作を読まれていらっしゃらない方は、ぜひユウトとディックの出会い編もご覧になってくださいね。

前作の舞台は刑務所でした。ムショ萌えなので、私自身は楽しんで書くことができましたが、「果たして読者さまは受け入れてくれるだろうか？」という部分でかなり不安でした。

ですが読者さまの懐はとても広く、面白かったというご感想をたくさんいただきました。私は「よかった……っ」とむせび泣き、勢いで前から気になっていた刑務所映画をレンタルし、「やっぱりムショ映画は最高！」と感涙しながら、続編の執筆に入ったのです。

私のムショ萌えはさておき、今回の目玉はディックの念願だった、きれいなベッドの上でのラブシーンです。ディック・バーンフォード（偽名）、エッチのためにピザを頼む男……。

他には前作で読者さまに熱く支持された、ネトも再登場しています。「ネトを出して」というラブコールが多かったので友情出演です。相変わらず、ユウトにだけは甘い男。友達というより、もはや娘を見守る心配性のお父さんみたいになってます。

新キャラのロブは微妙な立ち位置ですが（笑）、軽い雰囲気ながらも、捜査を進めていく上ではなかなか頼もしい存在なので、次の本でもユウトをサポートしてくれそうです。

今回も挿絵を担当してくださった高階佑《たかしなゆう》先生。またまた素敵な表紙をありがとうございました！　セクシーポーズ（？）ユウトと、スーツ姿の眼鏡ディック。どちらも見とれるほどかっこいいです。先生の素晴らしいイラストには、どれだけ助けられているかわかりません。本当に感謝しております。次の本でもどうぞよろしくお願いいたします。

担当のMさまには、前回に引き続いて大変ご迷惑をおかけし、本当に申し訳なく思っております。ひどい状況の中、いつも明るく「よい作品にしましょう」と励ましてくださったおかげで、モチベーションを下げずに執筆することができました。ありがとうございます。

ちなみに今回のタイトルになっているデッドヒートという言葉。日本では白熱したレースや、接戦の時によく使われますが、本来は違っていて、英語だと同着や引き分け、勝負がつかなかった試合という意味で使われるそうです。後者のほうが本作のイメージに近い気がします。

CIAとFBI。殺そうとする者と逮捕しようとする者。それぞれの道を選び、またまた別れてしまったユウトとディックですが、次の三冊目でこのお話は終わりです。

コルブスを追うふたりの関係がどう決着するのか、最後まで見届けてやってくださいね。

二〇〇七年二月　英田サキ

この本を読んでのご意見、ご感想を編集部までお寄せください。

《あて先》〒105－8055　東京都港区芝大門2－2－1　徳間書店　キャラ編集部気付

「DEADHEAT」係

■初出一覧

DEADHEAT……書き下ろし

Chara

DEADHEAT

……【キャラ文庫】

2007年2月28日 初刷
2007年12月30日 4刷

著者 英田サキ
発行者 吉田勝彦
発行所 株式会社徳間書店
〒105-8055 東京都港区芝大門2-2-1
電話048-451-5960(販売部)
03-5403-4348(編集部)
振替00140-0-44392

印刷・製本 図書印刷株式会社
カバー・口絵 近代美術株式会社
デザイン 海老原秀幸

ISBN978-4-19-900425-4